一個探索與追尋的故事。

天羽

◎邱千瑜 著

代序　擁抱生命的美好

千瑜是個幸運兒，在無數殷切的期盼裡誕生。

打從她一出生，我們就不斷的聽說和她有關的各種故事，有多麼的可愛啦，會走路了，會說話了……後來，就沉寂了。怎麼啦？原來是舉家搬到台南去了。

聽說，長大的千瑜是愛看書的，我還讀過她幾篇比賽得獎的作品，很有驚艷的感覺，覺得她的確是可以走文學的路。我還開玩笑的問：「打算讀中文系嗎？」答案居然是肯定的，真讓人喜出望外，那年她高三。

果然如願的讀了中文系。那麼，寫作的成績呢？

我上她的「部落格」去讀她的生活札記，她的旅遊心情和小說。呵呵，她一定不曉得，我還是她的粉絲呢。

奇怪的是，她小說寫著寫著，就不給看了。敝帚自珍嗎？或者，名山大業畢竟不能等閒視之？

但，這《天羽》的小說就要出版了。

千瑜的早慧，由此可知。

她的文字流暢可喜，無須懷疑，也稱得上是個善於說故事的人，情節的鋪陳想必會受到年輕朋友的歡迎，這樣的故事，你會喜歡的。

曾經集所有寵愛於一身的千瑜，如果有一個順遂的人生，那是上天的恩寵，多麼讓人羨慕啊！如果反之，那是人生的功課，種種的歷練都將豐富了生命，成就了文學，那也是上天的恩典。

祝福千瑜更上層樓，擁抱生命的美好。

琹涵　二〇〇八年初秋

（本文作者為名作家及退休國文老師）

自序

漫飛的白羽

從高三考完學測開始，就埋入了「天羽」的世界，中間經歷了指考和上大學的種種過程，中斷了數次，終於在將近一年後的大一時將它完成。

雖然一直說好想早點完成我的第一部長篇，但當真正完結時，除了小小的興奮感及成就感外，還參雜了其他一些難以形容的感覺。既非如釋重負的欣悅，亦非大功告成的興奮。

也許是，忽然要和日夜鮮明地活在腦海中的人物告別，有些不習慣罷了。我所創造的人物，都是我所愛的人物。有些是將自己心中所嚮往及欽佩的形象加諸上去，而不論是刻意或不自覺，大部分人物都投射了些許創造者自我的特質想法上去。但無庸置疑地，每個人物都是出自於我心的角色。

所以我，並不會真正和這些我所愛的人物們分離。他們有屬於自己的世界、故事，而我，不過是將他們記錄下來的角色罷了。

我，始終是這麼想的。所以想要創造出一個完全脫離現實，充斥著完全不同事物的世界。「天羽」世界具備了所有我對於理想的要素。當現實生活太過煩悶鬱灰，或失落的情緒當頭襲來時，小說的世界是我重要的避風港，只要一頭埋入，所有的不如意皆可煙消雲散，從中出來時又是個風平浪靜的我。

感謝琹涵老師，在寫作這條路上幫了我很多忙。

感謝我高中的兩位國文老師，沒有她們，我就沒有現在的文字能力。

感謝好朋友 Julia，沒有妳每個章節的評論和感想，這個故事不會完結。

感謝我的爸媽，沒有他們的支持，我的第一本書不會誕生。

感謝每一位看我故事的人。

就像我常說的，這個世界充斥著太多的黑暗烏雲，我所想做到的，不過是藉著我的文字帶來些溫暖和希望，使閱讀我文字的人皆能在心底形成一泓暖流。衷心希望，有朝一日，能達成這個目標。

如同天羽這個世界的表徵——純淨、和希望。始終有個信念在我心中：不論黑夜多麼濃厚、多麼漫長，不遠的前方總是存在著一抹希望之光。即使需要很長的一段時間，只要始終抬著頭望向前方，就能抵達光芒所在之處。

如同《魔戒》電影中時時提到的一句話：

There is still hope.

二〇〇八年夏末　于府城

c·o·n·t·e·n·t·s

c・o・n・t・e・n・t・s

§ Prologue · 楔子 §

那是個雲霧繚繞、氤氳漫舞的山谷。

所有眼目所及的事物都似籠上一層朦朧的絹紗，飄蕩的霧氣攜隨著些微寒意，漫捲所有踏入這個谷地的生命。雲深不知處的迷離給這裡長久蒙上神秘面紗，唯有朦朧間偶然透出的少許陽光帶來一絲生息。

這一日正午，杳無人煙的山谷罕有地出現了人聲。

「彼瑟，你確定是這裡？」一個略顯嬌柔的女聲響起，伴隨微弱的腳步聲。

「嗯，公爵留下的信說得很清楚，地圖上也只有這裡符合。」悅耳男聲出自一個沉穩清朗的棕髮青年，「除了這裡也沒別的選擇了。」

「可是……你真的相信這封信？」有著一頭黑色長髮的少女打量了四周，微微蹙眉望向青年。

「公爵是家族裡最後的長輩，也是最德高望重的長輩。這封信千真萬確是出自公爵手筆，而公爵所言我絕對深信不疑。」彼瑟的神情很堅定，但當望向一旁的少女，深棕色的雙眸浮現寵愛與暖意，「小海，相信公爵，也相信我好嗎？難道妳不想早點找到家族遺物？」

「我當然想呀，」海薇兒眨了眨明眸，俏麗的臉龐泛起一抹微笑，「我相信你，親愛的哥哥。你說對的事我哪一次敢否認？」

輕輕拍了拍妹妹的頭，彼瑟從背袋中拿出鐵鍬：「那我們就開始吧。」

迷霧蔓延，谷中視線可及的範圍只達不到一呎，兩兄妹奮力尋找可能的地點向下挖掘。

亞提洛德家族是世上僅存的少數古老家族之一。從上古至今，已不知傳承了多少代子孫，多少輝煌歲月在日升月落中消逝。曾經顯赫而逐漸衰微，如今只餘最後兩位成員，彼瑟．亞提洛德和海薇兒．亞提洛德。在家族最後一位長輩——老公爵凋零之際，他交給兩兄妹一封親筆之信，告訴他們，如欲尋得家族長久以來的藏匿祕寶，則必前往信上所述之地——古亞提洛德莊園遺址，去尋覓久未現世的遺物。在闔眼與世長辭前，他說了一句耐人尋味的話：

「前往莊園，可以探索一個不被世人所知的祕境，古老虛幻但真切存在的祕境……」

彼瑟和海薇兒同時想起了這句話，不禁抬頭深切地望入對方眼眸。彼瑟深棕色的雙瞳盛著堅定與信服，海薇兒寶藍色的眸子盈滿挑戰與決心。

「彼瑟——」

「小海——」

兩人互望了一陣，同時開口。

「我們要找到。」

相視一笑，海薇兒知道哥哥始終不卻步的信念，而彼瑟明瞭妹妹已堅定了本動搖懷疑的心。

兩人繼續挖掘，無特別指引，在迷霧之中隨心之所感而行。

忽然，海薇兒鏟到了一個奇怪的區域，看似硬實的黑土卻一掘即下陷，不一會兒，面前已現出一個可供人通行的洞穴小道。

彼瑟來到海薇兒身旁，同樣顯出訝異神色。

「彼瑟，你快來看……」

「這該不會就是公爵所說……？」

相望，兩兄妹互頷首，彼瑟先行躍入洞穴。

「彼瑟——」看到哥哥跳下後即失去蹤影，海薇兒不禁有些擔心。

深吸了口氣，她也依循哥哥的路徑躍入穴內。

只覺一陣天旋地轉，身旁一切事物皆以等比速率消逝。遠方似乎有紛亂的光點，伸手攫取卻又瞬間黯淡；眼前若有似無的炫目光彩，定睛細看卻是一片迷茫。深處彷彿有某種未可知的強大吸力，將她高速推進，視線從盤旋至迷亂，自倏忽即逝至昏眩茫然，末了，墜入一片黑幕。

在失去意識前，海薇兒腦中彷彿又迴響起公爵的話：

「探索一個不被世人所知的祕境，古老虛幻但真切存在的祕境……」

思緒，斷線。

第一部

契約

§ Chapter 1 · 天羽 §

清新的氣息，交織啁啾鳥鳴，如茵綠草鋪綴了一地澄寧。輕柔的微風拂鬢，彷彿柔和的蘊藉，再抬頭仰望綴著浮絮雲靄的蔚藍天空，彷彿整個身心都舒暢起來。

睜眼之際，彼瑟便深深沉醉在如此渾然天成的純淨美景。

「小海、小海……醒醒。」他連忙推醒側臥身旁的妹妹。

「嗯……」海薇兒動了一下身子，睜開眼，「咦……？這是哪裡……？」

她坐了起來，感覺一陣輕暖的和風拂面，不禁再闔上眼感受著。

半晌，沉浸在清風暖陽中的兩兄妹才又想起該弄清楚身處何方，兩人自柔軟的草地站起身，打量四周。

這兒顯然也是一個谷地，不過，與他們之前所在的那陰冷迷濛的山谷全然是兩個世界。這個谷地鋪地綠意，一彎清澈小溪泠泠流過平原中央，四周環繞的皆是青蔥的山群，整個環境散發著舒緩人心的清幽純淨。

深吸了口氣，兩兄妹感覺渾身再度充滿了生氣。

「這兒……難道就是公爵所說的祕境？我們真的到了？」海薇兒忽然想起，偏頭問哥哥。

「我想……是的。」彼瑟思索了一會兒，回答，「我們真的找到了。」

「可是……那家族遺物……？」海薇兒也思索著，不解。

「看來尋找家族遺物只是公爵要我們到這兒來的藉口，他真正的用意，是要我們前往探索所謂的祕境。」彼瑟了然似地說。

「但為什麼要我們來這裡呢？」海薇兒仍是疑惑，但想了想，綻出一抹微笑，「反正這裡好舒服，就在這兒待一陣子也是不錯的。」

彼瑟點點頭，正要開口，卻被一陣由遠而近的輕緩腳步聲吸引了注意力。

「所以，你們喜歡這裡囉？」

一個溫柔甜美的聲音傳來，光聽這悅耳女聲即如沐春風、如逢甘霖，似谷中清風般暖揚和煦，浮動的心彷彿也澄靜了下來。

一身水藍的金髮女子姿態優雅地向他們緩步而來。有著與清甜悅音相配的柔美面龐，隨著行走步伐渾身散發出清雅氣質，以及唇畔漾起麗似春花、暖如冬陽的溫煦微笑。彼瑟和海薇兒懷疑他們走入了仙境，而眼前的女子是仙境中的仙女。

「怎麼啦？看著我發呆？」女子在他們面前站定，輕笑著說。

「請問……這裡是哪裡？」被女子喚回了心神，兩兄妹才察覺自己已望著她怔了許久，彼瑟回過神趕緊開口問。

「這裡叫『天羽』，是這個世界的通稱。」女子沉吟了一會兒，再說，「這說來話長……不介意的話你們到我屋裡來，我慢慢解釋給你們聽。」

彼瑟和海薇兒互望了一眼，再看向女子，同時頷首。

女子臉龐仍掛著溫暖的微笑，輕聲說：「跟我來吧。」走了幾步，又想起什麼似地回頭，「對了，叫我莎琳就行了。」

＊　＊　＊

順著溪流而下，谷地仍是翠綠遍布，偶爾還可見到綠蔭上一叢叢的柔黃色小花。

莎琳領著他們走過橫跨小溪一座古意盎然的小橋，在對岸一幢藍瓦白牆的小屋前停下。

「到了，這就是我家。」她回頭向他們說，「請進來吧。這裡只有我一個人住，別拘束。」看出兩兄妹些微的不安，她給了他們一個穩定人心的微笑。

這幢小屋雖簡樸，但只要望見它的人皆會同意它與莎琳的清雅氣質極為相稱，進入內部更顯出屋主人高雅的品味。棕檀木的書櫃載滿了各類書籍，淡粉藍色的牆上掛了幾幅令人心曠神怡的風景畫，迎面飄來一陣淡幽清香，予人極優雅、舒適的感覺。

在鵝黃色的沙發上坐下，彼瑟和海薇兒才弄清楚清香氣原來是來自爐上正煮著的一壺花茶。

莎琳輕步至爐前，拿下茶壺，試了試溫度後替兄妹倆與自己各倒了一杯。

「喝喝看吧，這是我自己煮的紫鈴花茶。」啜了口溫茶，她補充道：「紫鈴花是天羽特有的花種，最適合用來做花茶。」

兄妹倆各喝了口花茶，感覺一股暖意沁入心扉。

「嗯，真的很好喝。謝謝妳。」海薇兒抬頭向莎琳說。

「不客氣。」莎琳溫柔一笑，望向海薇兒正要說話，卻忽然似失神般怔了下，輕搖了搖頭，喃喃低語：「不……真的太像了……可是，不可能是她呀……她已經走了，永遠地走了。小安……」

彼瑟和海薇兒互望了一眼，海薇兒遲疑地喚：「莎琳……？」

「對不起。」莎琳回過神，歉然地說，美眸似乎仍有殘存的哀愁。「我沒事。只是……妳真的太像我妹妹了，海薇兒。」她看向海薇兒，神情夾雜著些許緬懷，「我妹妹，在三年前過世了。」

彼瑟和海薇兒望著她，一時不知該說什麼。

「沒事的。」沉默了一會兒，莎琳恢復了淡雅的微笑，「天羽的主城諾斯城有她的畫像，以後有機會再帶你們去看。」

「嗯。」兩兄妹頷首，彼瑟忽然像想到什麼似地開口：「對了……莎琳，妳怎麼知道小海的名字呢？」

「只要是地面人，我見了都會知道名字的，彼瑟。」她回答，再接著解釋：「所謂『地面人』指的就是你們那個世界的人。因為，對你們來說——雖然地面人通常是不會知道的——『天羽』是存在於雲端的世界。」

「雲端？」海薇兒愣了愣，「所以我們現在是在雲端上？」

「可以這麼說。」莎琳頷首，再啜了一口茶後說道：「我來跟你們解釋一下有關我們這個世界吧，有關『天羽』的存在。」

聽到莎琳這麼說，極欲了解這「祕境」的兩兄妹皆目不轉睛地望著她，前所未有地全神貫注。

莎琳略微思考了一下，以一貫柔和的語氣開始述說。

「天羽」是個比地面世界還要早存在的空間，對地面人來說，可以算是個異世界。

這裡不曾建立國家、組織城邦、或結成聯盟，「天羽」本身就是獨立但又完整的空間。主城諾斯城有統領整個天羽的中心地——費洛提堡，每任統領者都居住在那裡，直到去世或換下一任統領人。在天羽，許多千奇百怪的事情都曾發生，只有統治鬥爭是從未見的。自第一任統領者——第一位將天羽發展成有此規模的人——開始，就是由現任統領者在領導期內選擇一名接位人，由於首任即是一位極為賢能明斷的人，所以至今，每位統領者都才德兼備。

天羽人極為尊敬統領者，從未有試圖奪位掌權的情形發生。千古以來都樂於在賢明統領者治理下安和生活，對權位名利總存著淡泊之心，統領者也把自己的職位視為責任，而非作威作福的利器。

「我想，這就是與地面人最大的不同之處吧？」

說到這裡，莎琳望了望兩兄妹，而彼瑟和海薇兒在佩服之餘不自禁地連連頷首。

「『天羽』兩個字就是『純潔』的意思，天羽族的本質一直是個純潔的民族。相信希望，相信純真，相信美與善的存在，我們始終相信這塊淨土的樣貌是始祖以心境創建出的，這裏保有純淨及祥和，希望和良善。」莎琳停頓了一下，眼神由原本的明亮轉為些微黯然，「日子一直依照老祖先的創建向前推進，天羽人也從未失去純潔之心，直到三百年前，地面人首次入侵。」

聽到「入侵」兩字，彼瑟和海薇兒不禁一凜。

「與你們的情況不同，別擔心。」莎琳輕聲安撫他們，飲盡杯中剩餘的花茶，才再度開口：「這麼說好了……『天羽』雖是位於雲端，但存在於一個異空間，地面人沒辦法察覺到、發現到、或知道這個世界的存在，更別提是進入這兒。但，總是沒有永久絕對的不可能。三百年前，一群地面人──你們所謂的探險隊──在陰錯陽差、誤打誤撞的情形下來到了這裡，他們與你們一樣受到美麗環境的吸引，但不同的是，他們展開了破壞。」

莎琳緩緩搖了搖頭，輕嘆。

從地面來的探險隊，全都是野心勃勃的探索者，本就極欲尋得一塊新生淨土供他們開發，現下眼前就是一片夢寐以求的土地，他們迫不及待地立即展開行動。

互相吆喝著，他們焚燒山麓、砍伐樹林，做盡一切他們所能做到的破壞，直到天羽人出來阻止。可是，他們的野心豈是能阻止得了的？對著出面勸阻的天羽人，他們掏出了隨身攜帶的獵槍，毫不猶豫地將槍管指向天羽人，扣下扳機。不到多久，地上就有數名天羽人倒臥在血泊中……

對於這群早已被慾望野心矇蔽心靈的地面探索者，任何有礙他們行動的人都該無情地剷除，他們早已失去了良知和善念。天羽境內始終是安詳和樂，不曾發生過任何殺戮，看到如此泯滅人性的行為，純潔的天羽人首次憤怒了。在激烈衝突中，更多的天羽人倒臥槍管下，直到越來越多人群聚而來，他們才在眾怒沸騰下竄逃，最後消失在某個樹叢，完全失去了蹤跡，似乎是逃回了他們原來的地面世界。

但已造成的傷害無法挽回。天羽人由憤怒轉為悲悽，望著血泊中的族人，他們純潔的心懷疑了，良善的本性動搖了，他們望著蒼天，落下悲憤的淚水。雖然入侵的地面人從此不曾再出現，但這個事件已深深烙印在天羽人心中，在天羽始終純淨的歷史中劃下一道深刻的傷，至今未能抹除的傷。

從此，天羽人不再始終純潔，恨進駐了天羽人的心，佔據了一個根深蒂固的位置，隨著幾代傳承，未有消散的跡象……

「天羽人的恨是因為地面人而起，地面人從此成為天羽人憎恨的對象。不關身分人種，三百年前的傷無法忘卻，而對象只知道是地面人，地面入侵的人。」

莎琳輕柔的聲音無奈中夾雜著心痛，她抬頭望著彼瑟和海薇兒，清澈的明眸中有深沉的擔憂。

「這就是為什麼我要帶你們到這兒來，解釋給你們聽。其他天羽人只會曉得你們是地面人，不會明白你們到這裡來是沒有惡意和野心的。」

聽到這兒，兩兄妹已然懂了。海薇兒顫抖著開口：「所以，只要我們走出去，其他天羽人都會憎恨我們，甚至傷害我們，因為——因為——我們是地面人。」

莎琳沉重地頷首，柳眉微蹙。

沉默蔓延了一會兒，半晌，她的神情舒緩了一些，溫柔而堅定地凝視他們：「我會想辦法的，我不會讓任何人傷害你們。」

「莎琳……」

感覺她保證的話語下溫和善良的心，兩兄妹皆深切地動容了。莎琳的絕美容顏帶著些許愁緒，但更多的是堅定與信念，遠望擰眉的神情代表著她真切的決意，以及天羽原始純潔的心。

「妳怎麼知道……我們一定沒有惡意和野心？」彼瑟有點猶豫地開口，不太知道該怎麼問。

「我知道，我一直知道啊。」淡淡的笑重回莎琳唇畔，「我一直觀察著地面世界，對你們的世界可以算是有深入的研究。所以只要見了任何一個地面人，我馬上能知道他的名字和身分，包括你們。我自然知道你們是為了什麼而來，以及如何來到這個對你們來說是異世界的天羽。」

「妳都……知道……？」海薇兒有些訝異地說。

「是啊。」莎琳頷首，她認真地望著兩人，「『感覺』這東西，知不知道其實並沒有太大的影響。只要心是良善純淨的，自然就能從心與心的交會感受到，這是如何都假裝不了的。感覺來自於心，我見到你們時的感覺告訴我，你們並沒有利欲及惡意之心，這就夠了。」

她停了停，接下去的話語充滿真摯誠心。

「恨有存在的權利，流傳數代的傷會擴大以及盲目了恨的焦點，也是無可避免的。可是，盲目不代表無法改變，仇恨也不代表必須失去明斷力。如果一味執著於朝某個既定的點趕盡殺絕地報復，傷不會癒合，反而會更加嚴重，甚至擴展蔓延。」她的眼眸閃著堅定的光芒，「天羽族不該是如此。我不會讓天羽人再這樣盲目下去，也不會讓你們成為盲目下的犧牲品。也請你們，不要忘了天羽曾是純潔的起源，好嗎？」

「嗯。」同樣堅定地點頭，兩兄妹已被莎琳誠懇的心意觸動心弦，兩人同聲說：「我們不會忘的。」

「謝謝。」莎琳輕聲說，「今晚你們就住我這兒，這個山谷很安全。好好睡一覺，對於我跟你們解釋的事別去想太多。」她溫煦的眸子注視著他們，散發出的暖意安定了他們的心。

「不管三百年前的始末是什麼，都與你們無關。你們沒有任何錯。」

柔雅氣息飄盪在室中，他們似乎明白了，純潔的天羽之心。

純潔的，始終相信美善，始終真誠堅定。

如同天邊漫飛的白羽，如此純淨，如此高潔。

「謝謝妳，莎琳。」

＊＊＊

月明星稀，夜幕降臨至罕有人跡的谷地，在原本的清幽上更添了一絲靜謐。臨溪的微弱光亮處，傳來了低語交談聲，在寂靜的空間中顯得較白天更為清晰。

「所以，妳希望我送他們去？」

一個清脆如銀鈴般的女聲響起。雖是問句，但闡述的意味顯然大過疑問。

「是。我知道妳明天要帶一隊人上諾斯城，恩琪雅。」另一個柔和的嗓音說，「必須有人保護他們到諾斯城，而只有交給妳，才能讓我放心。」

恩琪雅揚了揚眉，望向金髮女子閃著光芒的清眸。

「我當然沒問題。可是莎琳……為什麼妳要那麼堅持保護他們？雖然說他們和三百年前那些地面人無關，但族人對地面人的仇恨已不是說化解就能化解，帶他們到費洛提堡不一定有用。」

「我知道。」莎琳略顯沉重地說，「他們是以穿越次元空間的方式來的，連他們自己也不清楚，這樣沒辦法說回去就回去。他們勢必得在天羽待下來，這樣的話，一定得讓主城知道他們的到來，以及向所有族人證明他們是不同於之前入侵的地面人。」

「我了解。妳總是相信改變……」恩琪雅輕嘆，「那不是毫無希望，只是可能性不大。」她停了一下，再接著說：「好。我會送他們到諾斯城的。」

「謝謝。」莎琳輕聲說，「我得動身先趕到諾斯城了。這樣，才能先和主城的部臣們說上話，說服他們的可能性才會大。」

「妳儘管去，一路也要小心。那兩兄妹的事就交給我了。」

恩琪雅向莎琳頷首，神情裡有著要她放心的肯定。

莎琳感激一笑，她知道恩琪雅始終是了解的。

「就拜託妳了。」

望著莎琳漸行漸遠的身影，恩琪雅站在原地許久，像想到了什麼般，神情帶著些許緬懷及憂傷。

「不管怎麼說，我知道，妳一直在延續她會做的事情。」她喃喃自語著，「這樣，好像也沒什麼不好呢。那麼我，也該做點什麼了。」

望著明亮的月色，她微微一笑。

「我也不會對不起妳、和你們。」

§Chapter 2 · 啟程§

整齊有素的馬隊在山間小徑踢踏而行。

為首的是個身著翠綠衣衫的褐髮女子，在杳無人煙的山中盆地，仍全神貫注地留意著四方景物及後方隊伍，絲毫不因地處人稀山間而鬆懈戒備。

在她後方並騎的兩匹白馬上坐著一個棕髮青年及一名黑髮少女，兩人的神情透著些許緊張，偶爾低語交談，但大部分時間仍是留意著四方，並緊跟隨著褐髮女子前行。

更後方則是一隊身著行旅裝的人馬，以整齊的兩兩並列之姿排列，穩定地行進，顯然是個訓練有素的隊伍。

此時暖陽高照，已近正午，馬隊持續在山間奔馳著。

在經過一個微彎處時，彼瑟和海薇兒對視了一眼，對於這兩天的境遇都覺有些不可思議之感，地面世界的時光彷彿已經是很遙遠的事了。

他們今晨步出房門進入小屋的客廳時，意外地沒看到莎琳，而是一名綠衣褐髮的女子微笑地望著他們。

兩兄妹愣了一下，正要開口詢問，綠衣女子便先說話了。

「你們就是彼瑟和海薇兒吧？我是恩琪雅。」

清靈的面容配上清脆的聲音，一雙翡翠綠的大眼閃著靈動的光芒，第一眼見到她的人都會認同，這是個如光一般的女子。

望著兩兄妹微微愣住的模樣，恩琪雅輕笑著將他們拉進客廳，繼續說下去。

「莎琳必須先趕到諾斯城，所以託我帶你們過去。你們在天羽待下來，一定得讓主城知道，而且，莎琳希望能向天羽族人證明你們和之前入侵的地面人是不同的。」

「所以……我們必須到主城，你們的諾斯城一趟？」好不容易找回自己的聲音，彼瑟問道。

「嗯。也許證明這件事不是那麼容易，可是總也要試一試。」恩琪雅沉吟了一會兒，「而且……如果是莎琳說的話，或許真能有影響力。」

「影響力？」海薇兒不解地問。

「對。因為她的身分以及和費洛提堡的關係……」恩琪雅說了一半又停住，「這是莎琳的事，我就不方便多講。之後見到她，她應該會告訴你們的。」

「嗯……」兩兄妹頷首，雖然有點好奇，但他們知道不探人隱私這個基本原則，也相信以後有機會知道的。

「那麼，我們就準備出發囉。」恩琪雅走向門口，「你們就跟著我的隊伍，以防路上攻擊地面人的埋伏——雖然還是可能會有，但跟著隊伍至少比較安全。」

「妳的……隊伍？」海薇兒有些詫異。

「是呀，我是天羽東域的地方管轄者，今天本來就是要帶一隊人上諾斯城的。」

雖已聽恩琪雅這樣說，但當他們看到整齊的行旅馬隊時，仍是吃了一驚。

「好大的隊伍……」海薇兒輕呼。

「你們平常都是以馬為交通工具嗎？」彼瑟注意到了這一點。

「大城裡自然有車，不過，天羽的地形只要出了城都是高低起伏的丘陵、山地，用馬比較方便。」恩琪雅解釋著，想到了什麼，又問他們：「你們會騎馬吧？」

兩兄妹點頭。身為古老貴族家庭的子女，他們從小便學習騎術課程。

「那就好。必備物品我都準備了，上馬出發吧。」

馬隊浩浩蕩蕩馳騁在谷中、山間、溪畔，向著遙遠的目標諾斯城前行。

而兩兄妹忐忑不安的心，亦高懸在呼嘯而過的清風中。

＊　＊　＊

馬蹄踢踏聲在濃蔭的樹林中響起。

前往諾斯城的旅程已邁入第二天。隊伍極有效率地把握一分一秒前行，恩琪雅掌控住時間，在該休息時下來歇腳、用餚，並在入夜前找好適合的地點作當晚的紮營之處。

彼瑟和海薇兒已漸漸不再那麼緊繃。恩琪雅隊伍中的每一個人，不管是下屬護衛或隨行商旅，都對他們和氣且充滿善意，絲毫不因他們是地面人而有任何芥蒂。

是受到恩琪雅的影響吧，兩兄妹想著。她對他們一直是親切溫和，為他們安排好一切大小瑣事，隊伍歇息時還來陪他們聊天，為他們解答所有關於天羽的疑問。

對他們的關心就如同對她整個隊伍。她對於隊伍的要求是嚴格又不失溫和，有一定的紀律但不會過分要求，注意到隊上每一個人的狀況與需求，適時作任何必要的調整。因此，恩琪雅的隊伍總是整齊有素，但隊中人亦不會過於僵化緊繃。

「我們還要多久到諾斯城呢？」

在樹林中行了一陣後，海薇兒稍微放大了聲音向前方的恩琪雅問道。

「大約明天傍晚左右，如果我沒估計錯誤的話。」

恩琪雅稍稍偏過頭回答，正要再說什麼，忽然像發現了什麼般，揮手要隊伍緩緩停下，邊喊道：「小心左前方！」

她才喊完，左前方的樹林便出現了一陣騷動，緊接著一隊黑馬騎士魚貫地自林中竄出。

恩琪雅蹙眉，回頭給了彼瑟和海薇兒一個警示的眼神。

「為祖先復仇！」黑馬騎士中一個身著深藍寬袍者高聲喊道。

像是回應他的吶喊般，其餘黑馬騎士紛紛蜂湧上前，劍鋒閃著凜冽的寒光。

恩琪雅一揮手，隊裡的衛士也一一向前抵抗來勢洶洶的敵人。她自己也拔出了鑲著翠綠寶石的腰間佩劍，將彼瑟和海薇兒保護在身後，抵擋著深藍袍男子的攻擊。

這簡直是致命的殺手，看得膽顫心驚的兩兄妹想著。

恩琪雅沉著應對著，男子招招欲傷及兩兄妹，皆被她巧妙化解開來。她的視線稍稍往右飄，撇見一個黑衣身影，眼神閃過一抹訝異，不自禁地微微一怔。就在這分神的一秒，中了男子直逼而來的一擊。

鏘。

清脆的聲響，綠寶石的劍落地，人也被強勁襲來的力道震下馬。

「恩琪雅！」海薇兒驚呼，連忙趕到她身旁。

而同樣望見恩琪雅落馬的彼瑟，不知為何，心中瞬間湧生一股猛烈的怒火。他拾起恩琪雅落地的劍，一躍上馬向深藍袍男子衝去。

「彼瑟——」剛扶起恩琪雅的海薇兒，一抬頭正好看到這一幕。

彼瑟恍若未聞，仍舊策馬朝已後退數尺的男子衝去。一名恩琪雅的衛士從另一邊持劍而來，兩人合擊，只覺劍鳴鏗然，劍氣浩然，凜冽奪目的刀光劍影在微闇的樹林中顯得鏗鏘。倏忽，光影交雜，雙劍同出，竟也把藍袍男子擊下馬。

兩人不再進逼，返身回到隊伍裡，其餘黑馬騎士都已被衛士們擊退。

「恩琪雅大人，您沒事吧？」與彼瑟合擊藍袍男子的護衛微微傾身行禮後問道。

「我沒事，只是小傷而已。」在海薇兒的幫忙下，恩琪雅靠著樹幹休息，「辛苦你們了。告訴大家，在這裡稍微歇息一會兒，照原訂計畫繼續上路。」

「是。」護衛領了命令，趕著去傳遞給整個隊伍。

「恩琪雅……可是，妳身上有傷……」彼瑟不放心地道。

「我只要休息一下，把氣息調勻就好了。至於外傷，都是不妨害的小傷，沒事的。」恩琪雅用著要他們放心的語氣說著。

「對不起……都是因為我們。我們在這裡他們才會來，才會為了攻擊地面人而來。」海薇兒越說眼神越望向地上，聲音也越來越小。

「才沒這回事。」恩琪雅輕拉起她的手，語氣堅定地說，「三百年前的事與你們一點關聯都沒有，盲目攻擊報復本來就是錯的，你們才是受害者。而保護受害者是地方管轄者的責任，如果連這個都做不到，我們不就名不副實了嗎？」

她輕輕一笑，再望向彼瑟。

「何況，剛才是彼瑟擊退了攻擊我的人。如果沒有他，那我的情況不就更糟了嗎？」

「我……」彼瑟忽然不知道該說什麼，看看恩琪雅又看看妹妹。

恩琪雅再是微笑，闔上眼往後靠著休息。

即使與兩兄妹的談話中，她腦中仍是不停浮現著，剛才使她分神的那個身影。模糊在遠處，但她十分肯定。

那一抹再熟悉不過的墨黑身影。

＊＊＊

晚風清清，月光淡淡地灑下一襲銀白絹紗，入夜後的山間顯得更為幽靜。

靠近涓涓細流的平緩草地，幾座帳篷排列成環狀佇立著，中央生著似是照明兼保暖的火堆。

一名暗衣人影自遠處向火光處緩慢走來，路旁傳來幾聲樹蛙低鳴，伴隨步伐引起的雜草沙沙響。除此之外，一切皆同於以往每一個山間夜晚。

而營帳佇立處火光當盛，帳外是寧靜的夜晚，帳內則細語未歇。

此時，聚坐火堆旁的只有兩個纖薄身影。

「三百年是一段漫長的時光吧……」

海薇兒替恩琪雅拿著幾個簡單小巧的茶杯，望了望天際銀月微微感嘆著。

「是啊，三百年已經可以創造許多新的歷史。」恩琪雅提著一個小壺，正藉著火堆的熱度加溫飄著淡淡清香的藥草茶，「人，也傳了好幾代了。」

「仇恨真的可以這樣代代相傳，歷百年不衰嗎？」海薇兒偏過頭問。

恩琪雅正要回答，抬頭似乎瞥見了什麼，望著前方不遠處一會兒，一嘆。

「我知道他不會就這樣跟著回去，他一定還會來找我的。」

「啊？」不是很懂她的話，海薇兒順著恩琪雅的視線望向前方。

一抹墨黑身影正緩步向她們的所在而來，在月光的映照下，她看清了，那是一個身著黑衣的青年男子。

「莫倫，好久不見。」

在墨黑青年行至面前停步時，恩琪雅如此開口，神情有著微微笑意，但更多的是深幽。

「不好意思這麼晚還打擾妳，恩琪雅。」莫倫沉穩地說，「這是海薇兒小姐吧？」他禮數周全地行了一個禮。

海薇兒連忙起身回禮，悄悄打量眼前的男子。

他是個渾身散發溫文氣息的俊雅青年，一襲黑衣襯托出他沉著但明朗的氣質，似乎是個穩重的人。

「想必在林子裡妳注意到我的出現了，我只是來說一聲抱歉，雖然這是我無法解決的局面。」莫倫對著恩琪雅說，「但那些人畢竟和我有關。」

「莫倫，難道你……你的家族真的……？」

「是的。」面對恩琪雅未完的問句，莫倫坦白承認，他的神情微微沉重，望了一下夜空才再繼續開口。

「是的，今天攻擊妳們的是我家族的人。」他看了一下恩琪雅，再望向海薇兒，「三百年前遭入侵的地面人所殺害的，有一半以上是我們家族的人。祖先傳下來的復仇誓言，只要再見到地面人即殺無赦。但經過許多代傳遞，子孫們早已扭曲了當初復仇的本意，他們只知道對地面人就是殺，沒有第二句話，他們完全沒意識到這樣的誓言已經成了盲目的仇恨。也許這種仇恨在三百年前的幾代祖先是適用的，但到許多代後的今天，盲目的復仇並沒任何意義存在，當年的仇人早就不在了，沒有人有責任必須承擔百年前的傷痕。」

聽到他這段話，海薇兒帶著微訝的神情望著他。

「沒有人有責任承擔已經成過往的傷痕，我是這麼想的。」莫倫再一次說，肯定地回望海薇兒寶藍色的明眸。

「那你……？」恩琪雅欲言又止，又說了一個未完的問句。

「我，還無法背叛家族。」莫倫坦然說道，眼裡卻帶著深深的悲哀，「我一直沒出手，只是策馬在遠處觀看，但我無法阻止，也無法不跟著行動。」他搖頭，深沉一嘆，「如果我不跟著去，我父親會認為我背叛了家族；如果我出手阻止，我叔叔更會這麼認定，說不定還會拖累到我父母和弟弟。」

他慘然一笑，直直凝視她們。

「今天穿著深藍袍子領頭的，就是我叔叔。」

「啊……」海薇兒不禁輕喊出口。那個攻擊恩琪雅，而後被彼瑟和護衛擊退的藍袍男子？恩琪雅也印象深刻，她望著莫倫的眼神有著毫無掩飾的戚然，為他的處境。

「我很抱歉。」莫倫歉然地說，迎視著兩人毫不閃躲。

「不，不是你的錯。」海薇兒不知為何，急切地想消除莫倫的歉意，「你說了，沒有人有責任承擔已經成過往的傷痕，所以，你的家族長輩做的事也和你沒任何關聯。不需要道歉。」

「謝謝妳，海薇兒小姐。」莫倫再次一行禮，神情有著坦然交織悲愁。他望著遠方一會兒，再調回視線，向恩琪雅及海薇兒道別。

「我無法久留，必須先告辭了。希望下次見面時能在更好的情況下。」
語畢，一抬頭，他向著不知何時站在對面營帳口的彼瑟微微頷首，無絲毫訝異，似乎早就知道他在這裡。
沒再逗留，他一返身，墨黑色的衣擺飄蕩著，俊朗身影逐漸消失在黑暗的山林中。
望著莫倫遠去的身影，海薇兒不禁感覺一股淡淡憂傷襲上心頭。

＊＊＊

「莫倫和我從小就認識，我們可以算是青梅竹馬的關係。」
三人坐回了火堆旁，恩琪雅淡淡地開口。
「所以妳才那麼容易就認出他來？」一直沉默的彼瑟說，他知道今天恩琪雅是為了什麼分神。
「嗯。」恩琪雅也不否認，如莫倫般坦然。
「我們是一起長大的，他的身影我絕對不會認錯。」她輕嘆，「那時候，一大群人在一起過得很快樂，從來不知道任何有關復仇的事。直到有一天，他的家族提出了向地面人復仇的事，那時我父親是我們這個家族的族長，他極度反對，知道這是盲目無價值的行為。」
「妳父親……那麼早就這樣體認？」海薇兒問道。

「天羽人一向有兩派，一派主張無差別性地復仇，仇殺地面人；另一派主張忘記過往的傷痛，邁步向前。我父親帶領著我們家族奉行著後一派的主張，而莫倫的家族卻是前一派主張的盲從者──只有莫倫一個人例外。

「但爭執仍然發生。莫倫的叔叔帶領他們全家族的人離開我們原本共同居住的地方，去行他們的復仇之路；而我父親領著其餘人留了下來，禁止任何人提及有關向地面人復仇的事。從此，我沒再見過莫倫──直到今天。」

帶著淡淡惆悵，恩琪雅再次輕嘆。

「沒有一個人的心是真正黑暗的，只是光芒暫時被掩蔽，無法透出。」

她望向天際明月，無限懷念地輕聲道。

「這是莫倫以前常跟我說的……」

＊　＊　＊

馬蹄依舊踢踏，向暮斜陽柔和地灑落一地昏黃。

隊伍依舊疾行於山間小徑，兩旁枝葉伸展至小徑上方，形成一層薄薄的頂覆。陽光透出綠葉間隙，以光點紛呈之姿灑下，使行經的旅人身上綴著斑駁光影，清風交雜著光點，使昏暮的林蔭小徑透著清涼舒適的氛圍。

「我好像真的能感覺到天羽是純潔的起源呢。」

在林蔭小徑行一會兒後，海薇兒有感而發地說著。

「嗯？」因為已漸靠近城市，恩琪雅難得地稍微放緩了速度，將馬控制在海薇兒之側，偏過頭望著她。

「雖然有仇恨我們的人，但那也是因為百年前的事件，而且的確是當時地面人的錯。可是，」她噙著一抹微笑，明眸閃著光芒，認真地望著恩琪雅，「我們來這裡之後，認識的都是些很好的人喲。妳也是，莎琳也是，還有莫倫，以及許許多多現在隊裡的人。」

恩琪雅莞爾。望著認真說這些真心之言的海薇兒，眼前似乎浮現了另一抹與她極為相像的身影。那始終善良，始終純真，始終相信著人之心底充滿希望，甘心為所愛的人們奉獻自己的人兒；那始終真誠對待每一個人，會為了使你安心而回眸一笑的可人兒。

此時兩個人影似乎重疊在一起，恩琪雅幾乎相信身旁策馬而行的正是逝去已久的她，那抹大家始終心念的身影。

「恩琪雅，妳在想什麼？」

海薇兒的話將她自追憶的思緒中拉回，她微笑著輕聲開口：「等到這些事情結束之後，我一定帶你們好好一遊天羽，天羽的天然環境也是純潔的起源喔。」

「真好。」浸沐在清風中，海薇兒發自內心地說著，「真好，能在這樣的環境真好……」

「什麼真好呀？」一直騎在另一側的彼瑟也靠過來，正好聽到妹妹這句話。

「我說，能在天羽屬於純潔起源的環境真好。」海薇兒說，與恩琪雅相視一笑。

在閒談中，馬隊已漸漸行出了林蔭小徑。展現在眼前的是一片壯闊谷地，房屋星羅棋布，由稀疏而繁密。典雅屋舍間交錯著綠蔭及繁花，清澈小溪潺潺流過城市中央，溪畔青草如茵，平原逐漸向上擴展延伸，遠方小丘上佇立著一座宏偉瑰麗的城堡。

「這就是……我們的目的地？」愣了一瞬，彼瑟有些震懾地問著。

「比我所想的……更美，更雄偉。」海薇兒也忍不住讚嘆。

「是的，我們的目的地到了。」

恩琪雅輕輕一笑，望著籠罩在燦麗彩霞中的城市，眨了眨靈眸。

「歡迎來到諾斯城。」

§ Chapter 3 · 諾斯城 §

位於廣闊谷地平原上，美麗如山間寶石的城市。

身為天羽的主城，諾斯城有著一定的繁盛。幽雅行道縱橫交錯地遍布屋舍間，行人如織，除了城裡原本即有的居民，尚有遠道而來的商旅、慕名前往觀覽的遊人、奔忙公務的地方行政人員，更不乏衣著光鮮的上層社會人士。為了不同目的而至的人來往交錯，使得諾斯城成為天羽放射狀聚落的最大集散點。

繁盛，但不失瑰麗。天羽沒有高樓大廈，主城亦然。這裡遍布的皆是典雅不俗的平房式建築，伴以綠蔭繁花，小橋流水，雖人煙錯綜，但絲毫未給這裡帶來塵俗喧囂的庸華之氣，反而因著繁盛更襯托出它的雅致。

恩琪雅帶著彼瑟和海薇兒在城入口下了馬，與隊伍告別，徒步入了城。

「我從來沒到過這麼美的城市。」

走在雅致的城央大道，海薇兒不禁無限嚮往地說著。

「是啊，我們那裡幾乎不可能有像這樣優美的大城。」彼瑟亦欣羨地說。

恩琪雅只是笑著注視他們，似乎對如此的反應毫不意外。

「那麼，恩琪雅，我們現在是要去哪兒？」

走了一會兒，乍見美麗城市的讚嘆情緒稍稍平緩下來後，彼瑟問道。

「那兒。」恩琪雅手指微微向上地指向前方，「諾斯城的議事堂，費洛提堡。」

順著她的指向看去，兩兄妹再一次震懾於前方小丘上聳立的瑰麗城堡。

費洛提堡，諾斯城的議事堂，也是天羽統領者的所在地。宏偉但精雕細琢的建築風格，交織著搭配得天衣無縫的雅致色調，一彎清澄的運河蜿蜒環繞，崇偉中透著平易，精緻中不失雅靜。居高臨下，彷彿是看顧著其下閃爍寶石的守護者。

如同漫長至無法確切計數的歷史一般，費洛提堡亦眷顧著諾斯城度過無數春秋。

＊　＊　＊

「長途而來，辛苦你們了。」

走近費洛提堡的城門，迎接他們的便是這熟悉的溫柔嗓音。話語未歇，美麗的身影帶著如星淺笑步出大門，一襲水藍襯托著始終不變的清雅氣質。

「莎琳！」彼瑟和海薇兒喚了聲，雖只曾相處不到一日，但再見到這溫暖和善的女子仍使他們感覺見著了熟人般。

「這麼一趟旅程，你們一定累了，」莎琳柔聲說著，「趕快進來吧。」

踏進堡內，映入眼簾的是一間挑高的優美大廳。極具藝術感的水晶吊燈懸在高聳的頂上，以漸層色韻飾的牆上掛了些看似價值不凡的油畫，及幾尊純白大理石雕像。

「莎琳……」進入這廣闊廳室後，恩琪雅便喚了莎琳一聲，似乎欲言又止。

望著恩琪雅的眼神，莎琳曉得她想問什麼。

悄然一嘆，清眸略微黯淡了下來。

「我已經到這裡一天，也和麥格斯及部臣們見過面了。」她緩緩說道，「有些部臣願意相信我的話，而且贊成向族人證明彼瑟和海薇兒是不同於之前的地面人；但也有些固守著一直以來的仇恨，堅持地面人不可信任。」

她搖了搖頭，神情顯出些微的疲憊。

「我知道這本來就是很難被說服的事，連麥格斯也持保守態度，沒表明任何立場。但至少他同意明天親自舉行公開評判，再聽大家的意見斟酌。」她停了一下，再堅定地說道：「至少是個機會，至少能試一試，不至於全然沒有希望。」

望著莎琳一會兒，恩琪雅知道堅決如她，一到這兒定是連喘口氣都沒有，便四處奔波面見部臣及統領者麥格斯。她看得出莎琳仍掛著微笑的面龐下隱藏的疲憊，必是盡了最大的力量方能達到目前的情況。

「辛苦妳了。」恩琪雅柔聲說著，語氣中含著敬佩。

「不……」莎琳輕聲否認，「千里跋涉，你們才辛苦了。聽說你們遇到襲擊？」她微微斂眉。

「別擔心，沒出什麼事。」恩琪雅向她保證，望向了彼瑟，「是彼瑟替我打退了領頭的人。」

莎琳也看向了彼瑟，神色無絲毫訝異，輕輕一笑。

「我相信你辦得到，你們都辦得到。」她亦向海薇兒一頷首，明眸散出的光芒如一直以來的暖揚，「我已經幫你們準備好房間了，跟我來吧。」

踏上了明亮優雅的迴廊，四周仍是精緻的藝術品，並有悠揚樂音輕輕傳出。

「莎琳，」欣賞了一會兒精美擺設，彼瑟開口，「為什麼妳對這裡那麼熟悉呢？」

「因為，小安，我妹妹的關係。」對上了恩琪雅了解的眸子，莎琳繼續說著：「我妹妹是天羽第三千六百七十三任統領者，也是有史以來最年輕就接掌這個職務的人。她在某方面有過人的智商，十六歲就接掌這個職務，在擔任統領者的四年都住在費洛提堡，我也跟著她在這兒住了四年，自然熟悉囉。」

像是想到了某些溫馨難忘的過往，她脣畔漾著淺笑，失神在回憶中。

「小安她是個天才呀，大小事都處理得井井有條，能力可比得過前面好幾任年齡大過她的領導者。」恩琪雅接著莎琳的話說，「而且，她簡直就是天羽的化身，純潔。」

望著彷彿皆陷入回憶洪流的莎琳及恩琪雅，彼瑟和海薇兒終於了解之前恩琪雅所提，莎琳的身分及與費洛提堡的關係。

「莎琳……」海薇兒像想到了什麼，遲疑了一會兒，微帶歉然地緩緩開口，「我可不可以問，妳妹妹她……為什麼會過世呢？她不是還很年輕，比我大不了多少嗎？」

聽到她的問話，莎琳眼裡驀然閃過一抹傷痛，彷彿被利針劃過心扉，往日的痛楚又鮮明灼熱了起來。

「對不起……我不該問這個。妳不想說的話，就別說了。」莎琳眸子裡的痛滲入了海薇兒的心坎，她似乎感覺得到那炙熱的煎熬，不忍地說。

「沒關係的。」莎琳向微帶擔憂望著她的恩琪雅頷首，要她放心，再繼續說著，仍是溫柔。「沒有什麼是不能問的。」她淡淡一笑，但仍掩不住那深沉的哀愁。

「小安她，是在一場和邊族交涉的任務中犧牲的。」

「邊族？我以為……這裡不是只有天羽一族？」彼瑟不甚明白地問道。

「也難怪你會這麼認為。天羽族的確是這裡人數最多的一族，但就像你們地面世界，邊界地帶還是有其他為數不多的邊族。那場事件中的邊族，叫『月翼族』。」莎琳淡淡地說，聲音似乎有刻意壓抑住的情緒，「自從三百年前的那一場殺戮，不知為什麼，月翼族就蠢蠢欲動起來，不再像以前一樣安份地居住在邊地。小安代表統領單位帶著條件和他們交涉，但他們無論如何都不願意稍作妥協，在一場衝突中，小安，犧牲了。」

幽幽一嘆，莎琳蒙上陰影的清眸似乎飄向了未知的遠方，久久無語。她輕闔上雙眸，忍受著翻騰不已的心緒。

似乎覺得當年的事不只如此，但故意忽略這樣的感覺，海薇兒移步到莎琳身旁，感同身受般地輕輕挽住她的手臂。

臂上傳來的溫度使她心湖的浪滔稍稍平緩了些。她不禁握上那溫暖的掌心，心裡的痛漸漸一點一點消退。

望著身旁貼心的少女，莎琳似乎望見了多年前的妹妹。那暖意、那貼心，彷彿是如此熟悉，彷彿那巧笑倩兮的人兒不曾消逝。

永遠思念的，心愛的妹妹。

小安。

＊　＊　＊

在方桌前踱步的男子微微蹙眉。

他有著淺褐色鬈髮，清朗但帶有堅毅線條的修長面龐，以及一雙彷彿深不可測的靛藍眼眸。但此刻那雙靛藍眸子正帶著某種明顯可見的困擾，或者可以說，憂愁。

是的，憂愁。

男子無奈般地笑了笑。自上任以來，每天都是被山高的煩擾事務纏身，但是，憂愁？似乎還沒有一件事像這次一般會給他帶來憂愁。

不禁佩服起上一任的統領者了。年紀輕，處事手腕又果斷高明，人卻總是能帶著那不變的純淨氣息，似乎看得透每一個人，但對每一個人又都是那麼和善真誠。如果不是那次事件，她，才會是天羽最適合的統領者吧？

思緒又回到眼前正憂愁的事。心底的聲音告訴他，他應該相信，應該去做，讓三百年前的仇恨回歸三百年前，讓過往拖曳至今的傷痕煙消雲散；但眼前的景況又提醒他，不能不去管那些紛起的反對聲浪。

深深一嘆，他又強烈想念起上一任統領者了。如果是她，這個問題應該可以迎刃而解吧？可惜，她已經不在了。

思緒有些哀傷地飄盪到這兒，被一陣敲門聲打斷。

「請進。」他如往常般朗聲說。

「麥格斯大人，」來人躬身一行禮，「評判會即將開始了，請您前往會堂。」

「好的，我這就去，謝謝你了。」

無奈地輕嘆，他都還沒整理好思緒，事情已經來了。好吧。該面對的，總是要面對。

他恢復了原本堅毅自信的表情，踏步走下通往評判會堂的迴旋階梯。

＊　＊　＊

偌大的廳堂內瀰漫著嚴肅莊重的氣氛。環列而上的座席充斥著滿布的人群，私語竊竊迴蕩在廣闊空間，人人皆面帶關切與深沉的神情，偶爾有人稍微大聲述及己見，周圍便有人蹙眉或出言反對。

廳室中央左右各設兩長列席位，也盡皆滿座。大理石桌面顯得高雅而莊重，而正三兩低聲交談的座中人亦裝扮不俗，似乎比身後環席之眾身份更高。

但相同的是他們臉上深沉的神情，並且比環席群眾更添一分煩憂。

長席盡處中央的位置坐著一名清俊挺拔的男子，不發一語地打量四方，明徹的眼眸透出堅毅嚴謹的光芒，高深的表情始終是莫測。

彼瑟和海薇兒一踏入廳堂便見到如此景象。領著他們入內的恩琪雅示意他們坐在長席另一盡處中央的椅子，悄悄拍了拍他們的肩，無聲地安撫他們緊張的情緒，再微傾身向對面的男子一行禮後，入座左側長席的末位。

瞥見恩琪雅座旁莎琳給他們的安慰微笑，兩人稍稍安心了些，雙雙入座，望向對面據說是天羽現任統領者的男子。

「各位，」麥格斯一開口，四周的交談竊語皆停止，無數目光聚焦，靜待他接下來欲言之語。「姑且不論這次評判會的立場為何，我們都必須先歡迎天羽的兩位貴賓，彼瑟先生和海薇兒小姐。」

四周響起一陣不大不小的掌聲。有人熱切鼓掌，有人禮貌性地拍手，但仍有一小部份的人只是靜坐以目光審視他們。

麥格斯的明徹眸子亦望向了他們，眼神裡有著嚴謹但不帶嚴厲，他鼓勵性地跟著拍了幾下手。

彼瑟和海薇兒勇敢迎視各方投來的各式目光，包括莎琳及恩琪雅安定心神的暖意，而後回視，停駐在對向的麥格斯身上。

「今天我們評判會的目的，就是討論兩位來自地面世界的貴賓。」麥格斯等到掌聲完全平息後，再度開口，「我們是否要向全族人證明，他們兩位跟三百年前入侵的地面人是完全無關且不同的？」

他的話才停歇，右席中一名蒼髯老者便舉起手。

「提摩先生，請。」麥格斯沉穩地揮手允許發言。

「麥格斯大人，各位，」老者目光如炬，環視四周一圈後才繼續，「仇恨已經綿延三百年了。三百年來，各位看看，天羽變成了什麼樣子？我們的善性、我們的純潔已消逝殆盡，取而代之的是仇恨，無盡的仇恨。我們已讓自己成了多麼醜陋的民族，而這造福了誰？沒有。三百年前的地面人早已不在，我們只是在荼毒自己，荼毒自己的心，荼毒自己的民族，荼毒自己的環境。各位仔細想想，這樣真的值得嗎？難道我們真的回不了從前的美好了嗎？不，我們可以的。現下就是個絕佳的機會，三百年前的事與這兩位年輕人是萬萬無關的，我們何不趁這個機會重新認識現在的地面人呢？」

語畢，他再次環視四周，微微敬個禮後坐下。

四周響起了嗡嗡細語聲，不少人聽了老者的話後暗暗頷首贊同。

這時，右席最末位舉起了一隻手。

「琵碧娜小姐，請。」

一名身著棗紅色衣衫，渾身散發貴氣與驕奢的女子起身，先以充滿敵意的目光掃視了彼瑟和海薇兒一眼，再緩慢開口。

「各位，你們真的信任地面人嗎？你們真的忘得了三百年前那場慘烈悲悽的殺戮嗎？如果你們那麼輕易忘卻，那就是對不起當初犧牲的祖先。地面人的所作所為永遠都不能忘記，不論他們已傳了多少代子孫，我們已傳了多少代子孫。對地面人的仇恨是必須銘記在心的事，現在有了機會，不論他們與三百年前有沒有關，復仇是我們的權利。」

她銳利的目光再掃了兩兄妹一瞬，微敬禮後復坐。

聽到這樣尖銳的語氣，海薇兒不禁悄悄顫了一下，望向彼瑟；而彼瑟亦在同時看向她，深棕色的雙眸盛著複雜難解的神情。

廳堂裡的群眾又再度低聲交談，似乎有不少人認同方才女子之言。

此時，一襲水藍色的身影優雅地起身，溫柔但有力的聲音傳到眾人耳中。

「各位應該記得方才提摩先生所說的吧？」莎琳輕啟朱脣，美麗的雙眸靜靜環視四周，那深切信念與堅定的光芒讓場中人皆沉靜下來，專注地望向她。「天羽已經讓仇恨環繞了三百年，似乎沒多少人記得，天羽是所有純潔的起源。我這些年來一直對地面人有所研究，地面人有好有壞，三百年前入侵的即是野心勃勃的利慾者。」她略停頓了一下，明眸飄向了兩兄妹，「但當我遇見彼瑟和海薇兒，我馬上能夠感覺到，他們是不同的，和三百年前的地面人是不同的。他們沒有任何惡意和野心，相反地，他們散發的是純淨良善的氣息，一如天羽之初的氣息。」

她的目光回到廳內群眾，語氣真誠而堅定。

「綿延三百年的恨，早已成了盲目之恨。一味執著於朝某個既定的目標報復，傷不會癒合，反而會更加深重。天羽因著仇恨，失去了原有的純淨美善，只有不停歇的復仇再復仇，這不是祖先所樂見的。彼瑟和海薇兒和三百年前的事件無關，更與仇恨無關。我相信他們可以為天羽帶來原有的純潔清新氣息，只要我們忘掉復仇，只要我們重新接納，天羽是可以改變的。」

聽完莎琳的一席話，廳中眾人不似前兩次低語交談，而是凝神細思，許多人連連頷首贊同。靜默的氣氛持續了一會兒，直到一名灰髮男子起身發言。

「我們當然完全相信莎琳小姐的話。但，是否有任何具體證據證明彼瑟先生及海薇兒小姐是真的不存有任何惡意及野心呢？」

「是呀。」棗紅衫女子再度發言，「而且，我聽說他們來這裡的路上曾和人發生衝突？」她銳利的眼眸絲毫不放過他們。

厭惡地瞪視她一眼，恩琪雅起身。

「關於這件事，完全是因為對方先行埋伏攻擊。」她的翡翠綠雙眸綻著明徹光芒，望著群眾轉了一圈。「對方是一隊數人的騎士，一上手就招招致命，而我一時分神不防遭襲，彼瑟是為了我才會和我的衛士合力擊退對方領頭者。要是不如此，我們的情況可能會更糟，甚至造成傷亡。」

她字字清晰地解釋完，優雅落座，靈眸仍緊盯著棗紅衫女子許久。

待恩琪雅言畢復坐，麥格斯的目光飄向了環列席位的右側首排，沉著地開口：「這裡有一位先生與地面人三百年前的事件有深切關聯，或許各位可以聽聽看他所言。」

他向著目光所即之位微一頷首。

一名身著墨黑的青年起身，以沉穩的神情面對著眾人。

望見他，彼瑟和海薇兒不禁訝然，恩琪雅及莎琳亦交換了一個眼神。

「莫倫先生，請。」麥格斯再一頷首。

「多謝麥格斯大人。」莫倫禮數周全，傾身行禮後復開口：「各位，我的家族祖先就是三百年前地面人入侵的犧牲者。三百年來，家族成員始終貫徹祖先的誓言，不停尋求報復，無終止地延續復仇。他們生存的目的只有一個，就是找機會向地面人復仇。」炯炯目光夾雜著微至幾不可見的悲哀，他望向了恩琪雅及彼瑟、海薇兒的方向，「是的，攻擊恩琪雅大人隊伍的就是我的家族成員，彼瑟先生擊退的是我家族的族長，我的叔叔。」

停頓了一瞬，莫倫語帶沉重地繼續方才之言。

「我的家族，早已被仇恨洗腦，他們成了盲目的復仇者，不關心其餘任何事物，只心念報復。各位肯定無法想像，我現在能在此發言，須經多少決心和阻礙。我背離家族，背離家族誓言，背離家族行動，已經被視為家族的叛徒，仇恨的叛徒。任何不嗜復仇者，都會成為家族的背叛者，永世驅逐，永世成敵對。他們已被仇恨腐蝕得太徹底，忘了為何而恨，忘了為何生仇。

「所以我猶豫許久，仍是選擇了永不得回歸的叛離，因為我相信天羽人不該是如此，天羽仍能回到初始的純潔面貌。我與海薇兒小姐、彼瑟先生接觸過，我完全認同莎琳小姐所言，他們能為天羽帶來原有的清新氣息，天羽，是可以改變的。

「我請求各位，不要再讓盲目的仇恨繼續滋長了，不要再出現下一個被復仇貫徹的家族；我請求各位，試著去接納，試著去改變，試著讓心裡的光芒自幽暗中閃耀。如此，天羽仍然會是一塊美善的淨土。」

深深鞠躬，莫倫誠摯的眼眸望入在場的每一個人心坎，似乎他所言的餘韻仍迴盪在每個人耳畔，連棗紅衫女子亦無話反駁。

沉默持續了許久，最後，麥格斯終於起身。

「我想，方才諸位所言都有可採之理。依我之意，不如我們給彼瑟先生及海薇兒小姐三個月的時間，讓他們向我們證明他們的誠意與無害於天羽之心，三個月後，再正式向全族人證明，他們不同於三百年前的人，他們並無存任何野心及利慾。」他環視一周，「各位認為如何？」

群眾大多沉默頷首，無人再發表意見。

「好。」麥格斯觀察眾人反應後，下了結論，「那麼就暫時如此決定。這段時間內，任何攻擊他們的行動都是違反規約的，須受審判制裁。」

他明澈的雙眸正視著眾人，重重一頷首。

「散會。」

在群眾及部臣們魚貫出廳時，彼瑟和海薇兒接收到了麥格斯似別有涵義的眼神。他們不確定地望向莎琳及恩琪雅，見兩人輕輕對他們點頭，便起身，四人至前方四首座位入座。

「對於我剛才所言，我有個計畫，不知兩位願不願意進行？」

四人坐定後，麥格斯沉穩地開口。

「您指的是……？」彼瑟不甚明白地問，而海薇兒微偏頭，望見莎琳似乎若有所思的神情。

「如果你們願意前去邊地的月翼族，完成三年前的任務，就可向天羽人證明你們的心。」麥格斯簡短地說完，轉頭望向莎琳，「莎琳，這事……妳應該願意告訴他們吧？」

回視著麥格斯，莎琳的水藍清眸閃著堅決的光芒，她輕頷首。

「那麼，不必急著下決定。了解這件事後，再來告訴我願不願意。」

麥格斯語畢，靛藍眼眸中浮現出了淡至幾乎無法察覺的暖意。

「為了天羽的純淨，辛苦你們了。」

＊　＊　＊

出了廳堂，實有恍若隔世之感。

恩琪雅先去尋莫倫，莎琳領著兩兄妹走在先前到來時的迴廊。

「你們願意現在跟我來嗎？」莎琳輕聲問，美眸似有隱藏的哀愁與傷痛，「我會告訴你們，所有的始末。」

「嗯。」

彼瑟仍恍惚之際，海薇兒已堅定地點頭。

溫柔一笑，海薇兒卻看出莎琳微笑下壓抑的沉重。

順著迴廊，他們來到了一扇雕工精緻的厚重門前。在莎琳推開門之際，兩兄妹即被房內正對面一幅畫像震撼住。

「她……該不會就是……？」彼瑟在震懾之餘，語句已無法完整。

而海薇兒望著畫像，不自禁地上前數步，幾乎已確定。

「莎琳……」她輕喚，胸中不知為何有著隱隱心痛。她了解畫中人是誰，那幅輪廓與自己奇蹟地神似，乍見若有攬鏡自照之感，但海薇兒明白，那抹神韻是屬於天羽獨有。

唇畔仍帶著淺笑，莎琳凝望畫像的眸中有著疼惜與懷念。

「是的。」她輕輕開口，柔和嗓音中透出無限緬懷。

「她就是我妹妹，天羽上一任統領者。」

眼波流轉，她不自禁地輕撫上畫框，定定凝視著畫中人巧笑倩兮的面龐。

「小安。伊瑟諾安。」

§ Chapter 4・伊瑟諾安 §

和暖的微風輕拂，淡淡清新飄揚在舒適宜人的空氣中。四周茵綠在夕暉映照下閃著澄光，隨著每一陣風輕輕擺動，蒼翠的綠浪將廣闊的原野點綴了一襲生氣。

但相對於清幽景致，走在原野上的一隊人馬卻皆帶著深沉憂容。

為首的黑髮女子看來相當年輕，清秀的面龐似乎不超過二十歲，但緊蹙的眉卻顯露出不屬於這個年齡的憂愁。

「前面的谷口，就要到了。」

在一行人快走到原野邊際時，她開口說了這麼一句話，嚴謹的語氣聽不出情緒。

「小安……」身旁看似稍長她數歲的金髮女子望著前方一會兒，又轉頭望向她，一樣的蹙眉憂容。

「是的，我們就要到了。」伊瑟諾安頷首，神情慎重且堅決。「莎琳，妳知道的，我們必須完成這件事。哪怕是動用遠古契約，我都必須完成，這是我的責任，也是使命。」

「我了解……」莎琳輕聲說著，但不知為何，心底總是有著似隱若現的淡淡哀傷。她沉重地呼出一口氣，偏過頭，眼中帶著認真的神情望著伊瑟諾安。

「小安，不知道為什麼……我現在忽然想要跟妳說。」稍稍停頓，她認真的神色不減，眸中閃著波光。「妳是天羽最好的統領者，天羽最好的象徵，更是……我最好的妹妹。」

望著那始終溫柔的水藍色清眸，伊瑟諾安水漾的雙瞳閃動著。

沉默了一會兒，她輕輕地開口：「謝謝妳，姊姊。」眼波一轉，她深深望入莎琳美麗的雙眸，「答應我，不論接下來發生了什麼事，都要繼續守護著天羽，不要讓仇恨再侵蝕下去了，好嗎？」

沒來由地小小一驚，伊瑟諾安說這話的語氣，彷彿託付著什麼一般，有著一去不復返的壯烈氣息。

定了定心神，莎琳仍是溫柔地說：「會的，我會的。不論過去未來，我將一直看顧著這片土地，我們的天羽。」

淺淺一笑，伊瑟諾安任烏黑髮絲飄揚在輕拂的風中，將彼端所有的未知，皆交予微風。

行至谷口處，只見前方綠意漸疏，隨風而起的是些許泥塵，一片黃土遍佈的谷地映入眼簾。四周是硬岩山壁，綿延至黃土地上的碎石點點，圓式帳子是這兒的主要景觀，伴隨著幾口以土堆石塊砌成的深井。

迎著風，伊瑟諾安讓隊伍暫時停下，帶著複雜的神情眺望著驟然乍變的景觀。

半晌，輕輕伸手觸著風，她明亮的眸中有著異常清澈的光芒。

「終究是到了，我們的使命，月翼族。」

＊＊＊

月翼族的駐地，在一片黃塵滾滾。

原本安份居於邊地的月翼族，自三百年前外人入侵造成天羽史上第一次的殺戮後，似乎感染了那份逐漸擴散的暴戾之氣，蠢蠢欲動地開始向外攻伐。天羽族的滋長仇恨加上月翼族出其不意的攻擊，使得長久籠罩這塊土地的安詳平和幾乎不存，而原始風貌是以遠古先人純潔心境創建出的天羽，似乎緩慢改變中。少數知道千古創造之秘的天羽人都擔憂，如此發展下去，天羽的存在力量遭侵蝕而漸趨薄弱，這個世界終有崩裂瓦解的一天。

所以，首要之務即是抑止月翼族越來越盛長的攻伐氣焰，進而須消除天羽族對百年前入侵者的仇恨，如此方能使天羽回復初貌，並持續以安和之力存在。

這個沉重的任務，自然擔在天羽統領者伊瑟諾安的肩上。

身為天羽有史以來最年輕但能力最好的統領者，年方二十的伊瑟諾安有著最堅定、不退縮的堅毅之心。嬌小的身軀承擔著無可估量的重大責任，纖細的臂膀始終義無反顧地守護著這塊鍾愛之地。

是的，義無反顧。在那顆屬於純潔的心裡，一直不滅的強烈使命就是：守護純淨，守護安和，守護天羽。

「請通報，天羽統領者伊瑟諾安欲會見葛夫首領。」

行至黃土地上第一頂圓帳，伊瑟諾安帶領隊伍停下，向月翼駐守衛兵說道。

「請稍後。」

其中一名衛兵匆匆向谷地深處而去，步伐激起少許飛揚塵土。

望著黃塵谷地，伊瑟諾安偏過頭，向莎琳說：「無論如何，我一定要做到。」決心的光芒融合在清脆的語音，但那不回頭的堅持仍是讓莎琳莫名的不安感更加鮮明。她只能一同望向漫塵黃土，說服自己那沉澱心頭之感只是虛無。

不一會兒，通報的衛兵領命而回。

「葛夫大人請統領者入內，但隨行者只可一人。」

與伊瑟諾安對望一眼，莎琳義不容辭地接下這個任務。

吩咐了隨行的天羽東域管轄者恩琪雅帶領隊伍守在谷口，伊瑟諾安和莎琳帶著堅決的神情挺身入內。

圓式帳子看似簡陋，內部實是寬闊華美。一般屋舍該有的物品一樣不缺，其餘的雕飾擺設更是應有盡有，如同一座小型宮殿。

但兩姊妹明白，越是如此，就越值得擔心。

月翼首領的權力、能力已非同小可。

「歡迎，天羽統領者能來此是月翼族的榮幸。」

高大座椅上的灰袍男子微微起身致意，微鬈的褐髮垂至肩，掛著笑容的面龐散發的卻是隱隱陰沉，聞似誠懇的語句亦藏著冷意。

「叨擾貴族，天羽族深感抱歉。但有些事必須親自與月翼首領詳談，望您見諒。」伊瑟諾安亦表面客氣，實藏冷峻地回道。

「我想兩位遠道而來，時間寶貴，客套話就請原諒我不多說了。」葛夫一揮手，身旁兩名隨從隨即挪了兩張絨布座椅上前，「請坐。」

「葛夫大人，」兩人坐定後，伊瑟諾安開口，「我們此次前來，是希望以和平的方式與貴族談攏，是否可在有條件之下停止不定時的戰役行動？」

話一下子切入正題，葛夫亦正色，深黑色眸子裡閃著精明練達之光。

「伊瑟諾安大人所謂的有條件之下，是指我族須配合貴族所提的條件嗎？」

「並不是沒有商量的餘地，這就是為什麼我要親自前來。」伊瑟諾安不疾不徐地回應道，「相信您曉得，天羽這塊土地是依著『純潔』的信念創建出的，一旦失去基本的純淨安和，這塊土地的存在力能否穩固都是個問題。我相信安祥和平也是所有天羽居民所盼望的，但維持天羽的安和需要所有居住於這塊土地上的人共同努力，單靠我們天羽一族或任何其他族都是不可能的。所以，希望貴族能停止對外征伐，繼續保持長久以來創始者賜予天羽的力量。」

「您說的有理，但您似乎忽略了一點。」葛夫頓了頓，語氣和緩但暗藏鋒利地說：「天羽安和之力被打破，是早在三百年前就開始的事。那群利慾薰心的地面人將殺戮及仇恨帶入，是他們開啟天羽暴戾之門，是他們讓天羽人的心混濁，是他們將三百年來綿綿不絕的紛擾引進。他們才是天羽的罪人。」

「我完全同意您所說。」伊瑟諾安正視灰袍男子鋒芒顯露的深眸，說道：「要說他們是天羽的罪人，我想全天羽人都同意。但三百年前的地面人最終還是逃離了，在他們逃離後，使這股暴戾之氣滋長的是天羽人本身，是這塊土地上的人們繼續紛擾的綿延。對他們存在仇恨是合理的，但將仇恨之心轉化成自相攻伐又是另一回事了。」

「那麼，您所提的條件是……？」

「如您同意從此停止爭戰攻擊，從這裡起至喀特山東麓此後將永久劃歸為月翼族領地，由月翼族自由管理。」

「哦？讓我想想……」葛夫似乎有些心動，沉思了一會兒，復又回以那深沉的笑容。

「如果說，月翼所欲不只這樣呢？如果說，」他望向伊瑟諾安，語氣與臉上的笑一般深幽，「月翼所欲，是整塊天羽呢？」

伊瑟諾安眼不加眨，彷彿早已料到月翼首領會如此回覆，她沉著以對。

「那麼，勢必得動用最後的方法了。」

深深望入葛夫深眸，伊瑟諾安的眼神證明她不只是說說而已。

月翼首領的眸中有著隱隱的欽佩，欽佩她的決心。

「您若決心動用，我絕對不置一詞，完全奉陪。」堅決的語氣亦顯示了他的不動如山。停了一會兒，他起身，語聲回復和緩：「關於此事，不如我們明日再詳談。諸位長途跋涉，我已派人替諸位準備了營帳，請將就著休息吧。」

無言地互望，伊瑟諾安與葛夫的目光悄然爭鋒著。

半晌，伊瑟諾安調回眼神，悄聲示意莎琳，兩人起身。

「勞煩葛夫大人了。」

月翼族的夜，是幽靜澄寧。

人數雖多，但各帳裡唯傳出微微細語，而帳外空地，天澄星絨。

「所以，小安，妳決定了？」

在月翼提供予天羽隊伍的帳內，同為下屬兼好友的恩琪雅如此問道。

「是。」伊瑟諾安斬釘截鐵地回答，不容置疑。

「小安……」莎琳喚了她一聲，遲疑地，不知該如何接下去。「使用契約，妳……可知道他會要求什麼為約束？」

「不管他要求什麼，只要不是天羽這塊土地，我都答應。」伊瑟諾安迴避莎琳和恩琪雅的擔憂目光，決心已定。「只要還歸天羽平和，行契約也在所不惜。」

眼神自遙遠處返回，她淺笑。

「契約，既定則無法更移，無論何人何事何力。對吧？」

沉默了一會兒，她輕輕一嘆。

「不論什麼代價，不要讓天羽瓦解。」

清幽眼眸再度飄向遙遠的虛空，藏在深處的是無比的堅決，以及，淒冷。

「成為了天涯的邊境，那很寂寞、很寂寞的……」

＊＊＊

清晨，初升起的晨曦甫透入黃塵谷地，四周傳來細瑣的低語聲。帳中人早已紛出，聚集於谷地中央的廣場。

天羽統領者及月翼首領的談論正在兩族眾人面前，繼續進行著。

黑髮的嬌小女子抬首凝視環繞的人群，明眸中有著微小但清晰的堅定光芒；另一邊的灰袍褐髮男子只是佇立著，面上神情依舊是莫測高深。

兩人的沉默已綿延了許久。

「月翼之願，不是那麼容易就解決的。」葛夫終於再度開口，銳利眼神直逼向對面的天羽統領者，沉聲道：「月翼最終的目的，就是瓦解天羽，重建月翼，月翼新大陸。」

此言一出，周圍隨伊瑟諾安而來的天羽族人皆勃然變色，不少人更小聲驚呼。

「這是月翼最終所望？」伊瑟諾安懾人的眸子深望向月翼首領的黝黑雙瞳，神色嚴峻，「天羽一旦瓦解，天羽之力一旦失去，重建出的只會是荒漠大陸，沒有純淨沒有祥和，如此亦是月翼所願？」

「如果要我實說，代表全月翼人，」葛夫銳利地回道，「是的。」

「那麼，依照昨晚之意，執行契約。」

伊瑟諾安語氣堅定，輕揚的眉宇間透出一股凜然絕意。

「貴族欲要求任何事物為約束力，除了方才所談的問題之外，請提出。」

天羽族隊伍皆是一震，莎琳和恩琪雅擔憂地互望，眉頭深鎖。

「天羽統領者一旦提出契約之說，則無人可反對。遠古約束是如此訂立的吧？」

葛夫一挑眉，神色陰沉下來，寒光自眸中射出，原隱藏的精練冷意傾瀉而出。

「約束力即是，以天羽統領者的生命。」

——以天羽統領者的生命。

這幾個冰寒的字一出，天羽族眾人已無法抑止地嚷出聲。伊瑟諾安是他們打從心底愛戴，願永遠跟隨的統領者。

「伊瑟諾安大人，千萬別答應呀——」

「不要順了他們之意。」

「契約不訂，一定還有其他辦法的。」

「您不能就此犧牲啊——」

「伊瑟諾安大人……」

眾人吶喊中，莎琳和恩琪雅神色凝重，卻選擇了不開口，她們了解伊瑟諾安一旦下定便難改的決心。

廣場中央的伊瑟諾安一揮手，眾人皆噤聲了。她抬首，堅毅的目光望向葛夫。

「此約一訂，月翼族即永遠無法進行任何攻擊、征戰、伐掠等一切破壞天羽安和之行動。」

沉穩的聲音配上毅然決然的雙眸，伊瑟諾安無懼。

天羽不會瓦解。只要以我為代價，天羽不會瓦解。

我不會讓這塊深愛之土瓦解，不會使千古以來的純潔澄淨佚散。

以我，伊瑟諾安之名。

「約束力為我，天羽統領者，伊瑟諾安。」

揚首，無畏，無懼。

「契約成立。」

——契約成立。

清脆話聲彷彿仍迴盪在耳畔，在人潮漸散的廣場上。

聽到成立誓約的當下，莎琳和恩琪雅瞬間慘白了面龐。

「小安。」

身為她的姊姊，莎琳一直都尊重妹妹的想法，知道她每一個決定皆是經過深思熟慮。

所以從不說反對的話，即使心如刀割。

「莎琳……」亦是強撐住將崩裂瓦解的心牆，伊瑟諾安的喚聲些微顫抖，但很快又恢復平靜。

「我已經交代麥格斯，如果我出了什麼事，由他擔任新一任天羽統領者。他的能力很好，一定能繼續帶領天羽人向前。請妳在三年後派人再來這裡，完成最終契約。並且務必，務必繼續守護天羽，不要讓仇恨越演越烈。」

為天羽而生，為天羽而亡。離去前，她心念的還是天羽。

恩琪雅早已忍不住別過頭去，淚傾瀉而下。許多天羽族隊伍成員亦早紅了眼眶。

莎琳緊握妹妹的雙手，顫抖著，只是頷首，無法言語。彷彿一開口，已至臨界點的情緒便會一發不可收拾。

「莎琳……恩琪雅……大家……」伊瑟諾安留戀地輪流望向每一個人，輕聲說：「生在天羽，認識大家，是我最幸福、無可取代的事。我從不後悔成為天羽人，成為天羽的統領者，天羽為我摯愛，我以天羽為傲。」

天羽。我即為天羽而來。

莎琳的視線已模糊，淚水充斥了太多、太多空間。而她，還想好好看看始終引以為傲的妹妹，始終引以為傲的小安。

臉上似乎有什麼滑落了下來，一滴接一滴，浸濕了黃土地。

「莎琳……姊姊……」緊緊握住莎琳的雙手，伊瑟諾安一直維持穩定的聲音開始搖擺著，「姊姊……妳永遠都是我最好的姊姊。對不起，我是個任性的妹妹，總是讓妳傷心難過。」

頓住，忍不住地哽咽了。儘管視線開始模糊，伊瑟諾安仍堅持地、勉強擠出了一個微笑。

「對不起，這次，又要讓妳傷心一次了。」

埋進姊姊懷中，潰堤的淚，終於，淌滿了面頰。

＊　＊　＊

那天，下了雨。黃土谷地中難得的滂沱大雨。

莎琳沒有去見伊瑟諾安最後一面，因為，該說的已說，再去只是增添妹妹的情緒負擔。

但在午時之刻，始終蒼白著面容的她，仍是無力地癱軟了身子，勉強倚靠著帳子支撐住。

難以言喻的，椎心的、椎心的痛。

她曉得，午時一到，即是契約取走約束物之時。

毫無例外。

毫無例外。

伊瑟諾安選擇獨自一人走入無人的曠野，不讓任何人見到午時的她。

「莎琳……」

一雙手輕扶住她的肩，回頭，是紅腫雙眸的恩琪雅。

「妳還好嗎？」望著蒼白無力的她，擔心地問。

「嗯。」在恩琪雅的攙扶下坐下，莎琳應了一聲表示自己沒事，隨即拉住恩琪雅的手，深吸了幾口氣才問道：「小安……走了嗎？」

「她……已經往曠野的方向去了。」恩琪雅微微哽咽地說，「所有天羽、月翼族人都送她到谷口，葛夫甚至向她行了下臣對首領之禮……」

聽到這兒，莎琳再也無法忍受翻騰的情緒，把頭倚上恩琪雅的肩，闔上了雙眸。

腦中浮現無數妹妹的影像。

廣闊原野，小女孩的小安邊奔跑邊叫著要她追上，笑靨如花……

泠泠溪畔，小安把手伸入清澈水中攪著，抬頭說著這樣好幸福……

雅致花谷，小安靜靜佇立，敞開雙臂迎風，向她說如果能一輩子住在這樣的地方真好……

費洛提堡，小安接下統領者之位，說著她真想永遠住在優美的谷地，可是她一定得接下這個責任，因為她愛天羽……

黃塵谷地，小安緊緊握住她，向她說，永遠是最好的姊姊……

奔跑的小安。

甜笑的小安。

純真的小安。

堅毅的小安。

——天羽為我摯愛，我以天羽為傲。

「契約已生效……我……會守護天羽……」

抬起頭，莎琳輕聲說著，語聲漸微。

「小安……」

話聲忽斷，手一鬆，她昏厥過去。

帳外，殘雨濛濛。

＊　＊　＊

「天羽統領者要求訂立契約，沒人能反對。」

費洛提堡內，莎琳柔美的嗓音輕緩地向彼瑟及海薇兒述說心殤的過往。

「這是遠古傳下的祕法。契約要求一個任意形式的約束物，由與統領者訂約的另一方提出，統領者訂下言契後的第一個午時，契約就會取走約束物，而後在一個固定時期內生效。三年後統領者這一方必須派使者去完成最終契約，之後永遠沒有人可以打破它、違背它。」

眼光流轉，定定地停駐在眼前那牽動許多人心弦的俏美畫像。

「小安……其實就是天羽純潔力量的化身，這個沒有常理可以解釋，但是從她出生時就是這樣，我們一些跟她親近的人也都能感覺得出來。她的生命跟天羽的存在力量是連結在一起的，月翼族不知道，只要以她的生命作為力量，天羽這塊土地就永遠不會瓦解──這個不是契約，而是一種奉獻的約束。所以她這麼做了，在和月翼族定契約的時候，她也同時和這個世界定下了這樣的約束力。她，義無反顧地為了天羽而飄然遠去……」

隨著莎琳輕緩的語句及深幽的眼神，兩兄妹震懾在壯偉的故事中。

「她用自己的生命，捍衛了鍾愛的土地……」海薇兒不覺發出了讚嘆。

多麼深、多麼真摯的熱愛，不惜奉上自己的生命。

「那天沒有告訴她，其實我，一直都是、一直都是……」

莎琳輕聲說著，心緒似乎又回到那撕心的一刻，語音再度殘破。

「以我的妹妹為榮。」

雙眸一閉，一顆晶淚緩緩滑過她的面頰。

§ Chapter 5・相信 §

「我相信，人不只是有生存和逝去兩種改變；我相信，就算飛翔到另一個世界，心裡的守護及眷戀依然會環繞在所愛的人們身邊。」

輕輕道出了這句話，海薇兒彷彿是以伊瑟諾安的身份而說。

純淨的守護者……如果，我與妳有一絲一毫的相像，那是我最大的榮幸。我必繼續著妳所遺留的使命，不負妳所望。

「小海……」

下意識地，莎琳如彼瑟喚妹妹般輕喚了海薇兒一聲。而偎在她身旁的海薇兒只是抬首一笑，很自然地，彷彿莎琳早已是她溫柔的姊姊。

其實在不知不覺中，她已將莎琳視為自己的姊姊，如同對彼瑟一般，沒有刻意的強調，存在的即是屬於家人的感覺。

溫暖的，柔和的，似若淡泌馨香之感。

也許，她和伊瑟諾安之間，不只容貌相像，連心靈上也有無法解釋的承繼吧。

「莎琳，」不再有畏懼和猶疑，海薇兒堅定地開口，「就算我無法和伊瑟諾安相比，我還是希望，盡我的全力，完成她的使命。」

輕輕地笑了，莎琳柔美的面龐似乎減去了些哀愁，水藍色的清眸幽幽。

「我想，小安會很欣慰的。」

一旁不語的彼瑟始終靜靜望著她們，再望望那明眸燦笑的女子畫像，不禁微怔。

小海不是伊瑟諾安，可是，眼前她和莎琳的身影自然和諧，彷彿天生即是姊妹般。

微微失笑，他，才是小海的親哥哥吧？

無妨。彼瑟的嘴角維持上揚貌，想著。

他喜歡這樣，這樣自然流露的純粹溫暖，不含任何灰暗陰鬱的雜質，只是心與心，唯有心與心。而他，亦是浸沐其中者。

因為，在天羽認識的朋友們，都是如此和暖清新。

因為，天羽的朋友們，皆如家人。

伴隨清脆的叩門聲，兩道頎長身影進入房內。

前頭的褐髮女子臉上漾著欣悅的微笑，綠眸綻著明澈光芒；而跟隨在後頭的黑髮男子亦泛著溫文淺笑，散著暖意的面龐隱隱藏著一抹悲愁。

「莎琳，好久不見了。」

沉穩地打招呼，仍是一貫的禮數周全。

「莫倫，辛苦你了。到這兒來不容易吧？」莎琳亦是一貫溫柔地說著，始終扮演著大家長姊角色的她，對每個朋友的情形皆知之甚詳，也一直明裡暗中地照顧關心。

「至少，我已經下定了決心。」苦澀一笑，莫倫輕嘆，「至少，我不會再懦弱地屈從於被仇恨侵蝕的家族，可以忠於自己的心，做我認為應該做的事。」

「你從來不是懦弱的。你一直有自己的理想、自己的思考，不是嗎？」優雅地起身，莎琳的清眸中有著堅定鼓勵，以及濃濃的暖意。

「我們，都要相信自己的心。」

輕聲說著，她往房中內室走去：「既然大家都在這兒，別急著回房，我給大家泡些花茶吧。」望著清雅的身影進了內室，莫倫回頭看向大家，和緩的語氣中帶著一絲感嘆。

「來到這兒，真好。」他深幽的眸中有著懷念，及掩蓋不住的，發自內心深處的眷慕。「費洛提堡有著屬於天羽的清澄氣息，我一直希望能再來這裡。」

「你也在這兒住下吧，莫倫。」與他一道進來的恩琪雅接了他的話，「彼瑟他們也住在這兒的。」她向兩兄妹眨了眨眼。

「上次沒有正式認識你，真是抱歉。謝謝你在評判會上所說的話。」

彼瑟誠懇地向莫倫說道，他佩服莫倫忠於自己的心的勇氣。

一旁的海薇兒微笑著。即使僅見過一次面，但是天羽的人們總是能予人發自內心的情誼。尤其是眼前仍是身著墨黑的青年。莫倫似乎偏好暗色系衣飾，搭上他同樣烏黑的頭髮，整個人散發的是清逸穩重的氣息。暗色調並沒為他帶來一絲陰沉，反而能間接地襯托出與生俱來的明朗，屬於光之本質。

他不會是黑暗的謀事者，只會成為光明的追隨者。

「你怎麼會決定要離開家族，決定要出席評判會呢？」結束思緒的漫遊，海薇兒抬起頭問，思索著那需要多大的堅定及勇氣。

莫倫的淺笑滲入了點無奈，他輕輕一嘆。

「我之前並不知道原來他們已經偏激到完全不擇手段。我一直認為即使手段過於激烈，總還是因為三百年前的事的影響；我一直認為即使心態走樣，但原始的緣由總還是情有可原。」

停頓了一下，正好接過莎琳為他們泡好的芳香花茶，天羽特有的清香紫鈴花。

道了聲謝，輕啜了口溫暖，莫倫再接著述說。

「但我錯了。那天跟著攻擊你們的隊伍出發，看到了恩琪雅，見到了你們兩位，我開始迷惘。究竟我這樣被動地隱藏自己真正的想法，裝作順從地依附在家族，是不是正確的？即使我不跟著他們的行為，但我為我的理想作過什麼了嗎？沒有。既然我有自己的想法，既然他們無法容忍任何異己，那麼，我再這樣寄生下去能作出什麼？如果我要實踐我的理念，如果我想終止偏激的仇恨，那麼我勢必得堅定自己的心。」

「所以你就這樣離開了他們？」彼瑟問道。

「是，也不完全是。」再飲了口溫茶，莫倫續道：「才在這樣想，那天晚上回去後就聽到一些讓我震撼的話。」

微微蹙眉，似乎正思索著要如何說下去。海薇兒望著莫倫，望進他清朗面龐下隱踞已久的憂愁，很想替他除卸深底的沉重。

「別想太多了，他們的想法與你並沒關聯，不是你的責任。」不知為何，她明瞭他的深沉思緒，沒多想便如此道出。

「謝謝。」內心忽生的暖意，讓莫倫不自禁地又多望了那雙寶藍色明眸一會兒。心底鬱灰似乎淡了幾許，抬眼望向大家，侃侃而述不再遲疑。

「他們曾打算藉月翼族的力量，壯大所謂的復仇行動。他們依附著強大的暴戾之氣，費盡一切心機尋找有關地面人的蛛絲馬跡，甚至還曾試圖找尋與地面世界相通的時空祕道。他們知道月翼族的攻伐氣焰是三百年前地面人事件所帶起，也知道如此力量的強大，不顧天羽本身的危機，一心只想殺戮、殺戮。

「直到三年前伊瑟諾安和月翼族訂下約束契約，沒有強大之力可依附，瘋狂的行動才告一段落。那幾年我在外地，被召回後也沒有人再提有關依附月翼族的事，我只是看著原已稍微收斂的暴戾之氣又漸漸復甦，心裡知道這樣不對，但又沒有勇氣去反抗。

「那天晚上無意中聽到我父親和叔叔在爭吵，才知道有這麼不擇手段的一段。我父親似乎也對逐漸演變得殘酷的盲目復仇起了懷疑，覺得事情似乎已經走向偏激失序的狀態。原本他們只是討論，但後來越說越大聲，我清楚聽到我叔叔說，不管造成多少天羽人的傷亡，都要對所有尋得到的地面人趕盡殺絕。」

彼瑟和海薇兒聽到如此話語，即便是轉述，仍不自禁地起了個寒顫。

當時乍聞此話的莫倫似乎也有相同之感，回溯著記憶的他，眉宇間仍殘有當時的難以置信。

「我完全想不到，自己的叔叔會說出這樣的話。我們都是天羽人，天羽這塊土地的人，他竟然不在乎會造成多少天羽人的傷亡！」莫倫陰鬱地緩緩搖頭，「聽到這句話，我沒辦法再聽下去，走開了。但稍晚的時候，我父親找了我，告訴我如果我還堅持自己的信念，那麼去做吧，去做任何我認為應該做的事，不要再回頭。」

「他……知道你的想法？」彼瑟忍不住插了一句問道。

「嗯。」莫倫頷首，眸中有著深深的孺慕及欽服，「我父親其實一直知道我真正的想法。他說，走吧，離開這裡，他無法阻止我叔叔瘋狂的想法，但他會帶著我們家人避到其他安全的地方去，離開這個大家族。」

「安全的地方？該不會……」恩琪雅欲言又止，望著莫倫。

「對。」莫倫淺笑，望向恩琪雅，聲音難得出現一絲輕快，「如果我沒估計錯，我爸媽及弟弟現在已經跟你們家族在一起了。」

恩琪雅的靈眸眨了眨，這突如其來令人欣悅的消息，似乎讓她一時不知該說什麼。莫倫和她一起長大，彼此如同手足般，與莫倫一家人也從小熟稔，她一直不能接受他們踏上盲目仇恨這條路。

海薇兒對上莫倫的眼光，脣畔漾出發自內心的微笑，寶藍色眸子瑩瑩閃爍。一旁的彼瑟則帶著佩服的神情望著莫倫。

一直沉默著聽莫倫述說的莎琳亦是微笑著，眉宇間似乎有著一抹感動，伴著花茶馨香，她把手放上莫倫的肩。

「你們一家人都作了勇敢而堅定的選擇。」她輕聲說著。

「謝謝。」望著周圍支持他的朋友們，莫倫再一次肯定了自己的選擇沒有錯。望著彼瑟及海薇兒，語氣堅定地說：「我聽說麥格斯大人向你們提及去月翼族完成契約的事，如果你們決定前往，請讓我同行。」

兩兄妹互望了一眼，在轉瞬間心照不宣。自從聽完莎琳逑說的往事，他們便已各自在心中下了決定；而見到莫倫的堅定之心，更使他們確定了自己的抉擇。

也許他們，亦在不知不覺中愛上了天羽這塊淨土。

決心，沒有一絲懷疑。

「我們，會去的。」

＊＊＊

夜幕低垂，諾斯城的夜空是遼遠幽靜，如絨的黑幕漾著深邃，包容著無數的日月交循，看顧著不斷繁衍的子民，以及他們所鍾愛的這塊土地。

昂然聳立的費洛提堡，在月華掩映之下透著淡淡光暈，黑幕的籠罩絲毫不減其瑰麗堂然的容姿，以燦爛星空為背景，反而更增添了一絲縹緲悠遠的氣息。

「天羽一直都是這麼美的嗎？」

推開一扇窗，佇立走廊上的海薇兒凝望著窗外景致，輕聲自問道。

「天羽本來就是以美為架構而建立的。」

背後一個溫潤的聲音回答，回頭，一抹清朗的身影佇立。

「莫倫？你還沒睡？」

「嗯，好久沒來到費洛提堡，去到處繞了一下。而且……最近，有太多太多事要想了。」輕扯了一個疲憊的微笑，莫倫走向前，亦在窗畔站定。

「釐清這些……許多許多的感覺和想法，很累吧？」海薇兒望著有著堅定神情，但眉宇間隱含幾許沉重憂愁的清逸面容，彷彿亦感染了他的深沉思緒。

「還好。這些事情本來就是必然的，無法抗拒，只能照著自己的心走。」望著繁星點綴的夜空，莫倫說完這句話，沉默了一會兒，轉頭看向海薇兒。

「海薇兒，那妳呢？沒有選擇地忽然來到了這裡，又經歷了這些事，一定也會覺得累吧？」

「嗯。」海薇兒淺笑，沒有否認。「可是我喜歡這裡呀。沒有特別的原因，一來到這裡，就喜歡上天羽帶給人的清新氣息。所以，即使一開始有不安、畏懼，也是很快就煙消雲散；現在的哥哥和我，只想完成我們被賦予的使命，不只讓全天羽的人肯定我們，也希望能夠帶給這裡永久的純淨和諧。」

「妳真的像伊瑟諾安。」看著她，莫倫不由自主地說，「不只是外表而已。」

「我希望能像她，像她那樣對天羽的心。」發自內心，海薇兒深深深深地期許。

停了一會兒，似乎想到了什麼，她續道：「其實，會來到這裡也不全然是沒有選擇。我和彼瑟本來是在家族古莊園遺址挖掘家族遺物，地點是族裡最後一位長輩──剛過世的老公爵告訴我們的。但老公爵在臨終前說，前往莊園，就可以探索一個不被世人所知，古老虛幻但真切存在的祕境。」

「祕境？」

「對。」海薇兒頷首，寶藍色眸子閃著明澈光芒。「我們相信，老公爵知道有天羽這個世界的存在。他要我們到莊園遺址挖掘遺物，其實是要我們到這個『祕境』探索。」

莫倫聽著，微微斂眉不語。

「莫倫？」看著他忽然沉默，海薇兒輕喚。

「我只是覺得奇怪……地面世界怎麼還有人知道天羽？而且，為什麼他想要你們來呢……？」他疑惑地思索著，「我覺得，我似乎曾聽過相關的事……可是，就是想不起來。」

「我也覺得奇怪，可是，想也沒有任何頭緒。」海薇兒道，接著，放輕了語氣：「你也別一直想了，你已經背負夠多事情了。反正我們來都來了，該揭曉的謎底，日後必定會一一顯示在我們眼前。」

「嗯。」雖然腦中仍縈繞著微小的似曾相識，莫倫仍是聽了她的話停止深思。抬首，深邃眼眸如以往般帶著明朗及溫暖。

「一直還沒跟妳說，歡迎來到天羽。」

眸子裡閃著晶瑩光芒，伴以淺笑如星，寶藍色明眸與深黑雙瞳對望，微笑蔓延。

「我也一直沒跟你說，很高興認識你。」

她伸出手，他無絲毫遲疑地握上。

＊＊＊

同樣的燦夜籠罩著同樣的不寐。

在費洛提堡內四處遊走參觀的彼瑟，同樣被紊亂的思緒縈繞著。本就沉著的個性使他不輕易表露千迴百轉的疑慮及不安，漫步冥思是他面對繁瑣心緒時最習慣的排解方法，靜謐的環境，時常帶給他意想不到的清明思緒。

諾斯城的夜景，的確是瑰麗的；比之白天，更添了一絲朦朧清幽。

和妹妹一樣，彼瑟亦在不知不覺中深深愛上了這個清新的世界。比海薇兒還要深思熟慮的他，即使下定了決心，仍是不自覺地思索著這短短幾天所經歷的許多，似乎在這中間藏著些許疑惑。

緩步在精緻雕裝的迴廊，他聽到前方敞開著門的小廳室內似乎傳來隱約話聲，不禁停下腳步。

「妳是說……他們會來到這裡，並不純粹是偶然？」銀鈴般的清脆嗓音隱含一絲微訝。

「見到他們前我就在想了……可是，他們似乎什麼都不知道。沒有確定，我也不好提起……」柔和甜美的嗓音似乎在思索著什麼，遲疑了一會兒才接下去：「恩琪雅，妳想，傳言會是真的嗎？」

「傳言？妳是指……」恩琪雅話中仍帶疑惑，但似乎隱隱地明白了什麼。

「幾十年前曾有位天羽女子到了地面世界，和地面男子相戀，並在那兒繁衍後代。」沉穩地述說著，莎琳的語氣有著少見的嚴肅，「這件事自始至終只是個傳言，我長期研究地面世界，也一點端倪都沒有查到過。」

「如果那個天羽人隱藏自己的行蹤，那我們應該也很難查得到。」恩琪雅接道，似乎亦深思中。

「所以……妳認為，傳言是真有其事？」

「我想，既然有這樣的傳言，那就不會完全是空穴來風。」

沉吟了一會兒，恩琪雅略帶遲疑地開口：「莎琳，妳是覺得，這個傳言和彼瑟、海薇兒他們來到這裡有關？」

「只是我在猜測。」莎琳亦是停頓了一會兒才答道：「他們家族過世的老公爵似乎知道這個世界的存在，所以才會暗中引領他們來到天羽。如果把這兩件事連在一起，那麼很多疑點就可以解釋了。」

「可是……在天羽人和地面人間的仇恨化解前，要是他們又跟這件事扯上關係，勢必又會引起新的紛爭。」恩琪雅話中有著擔憂，她輕嘆，「能不能乾脆忽略這些疑點，不要管傳言了？」

「我也不想讓他們再捲入任何無關於他們本身的紛爭。」莎琳的語氣有些沉重，「可是，我擔心的是，就算我們不去管，總一定會有人去追查，到時候說不定情況會更糟。」

「我明白妳的顧慮。其實，對於莫倫的叔叔那一支，我一直不放心。」恩琪雅亦嘆，「他們不會就此善罷甘休的。」

「所以，與其讓那些被仇恨沖昏頭的人去查，不如我們先來。至少我們不會刻意找出什麼不利於他們的事件。」

兩人沉默了半晌，似乎各自深思。

「我是相信的，相信他們會給天羽帶來新的純淨。」

許久，莎琳才續道，語聲輕柔而肯定。

「我知道，我也是。」恩琪雅說，「所以我才希望他們能夠前往這次的任務……」

兩人又沉默了一會兒。而不自覺一直站在門外聽著的彼瑟，這才如大夢初醒，即使仍想再多知道一些有關傳言之事，但曾受過的良好教養讓他驚覺此舉不妥，邊沉思著，輕步離開。

遠去的他並沒聽到房內的莎琳喃喃說了一句：

「也許，這次去月翼族，能探索到一些未知的事……」

＊　＊　＊

清晨的費洛提堡，初曉的晨曦才剛以極偏斜的角度透入窗扉，大部分的居住者仍沉眠。偌大的城堡瀰漫著沉靜慵懶的氣息，一切活動尚在靜寂中。

唯有位於近頂層的一間小廳室例外。

隨著晨風輕輕飄飛的綢布窗簾半拉起，揀著窗隙映入的微光照在室內唯一的一張方桌上，同時照在圍坐桌旁的六個人身上。

§Chapter 6・出發§

又見馬蹄踢踏，但此次不是大批馬隊，而僅五匹輕騎馳騁於山林小徑。

清脆的蹄聲迴盪在幽靜森林，五名騎士皆身形輕盈，眉宇間透著堅毅之氣，昂首望著前方某個未可知、但即將面對的境地。

金髮隨風飄揚，騎在最前方的莎琳輕輕一嘆。

這條路、這個目的地，三年前引領了一段永難忘卻的心殤。那熟悉的清風吹拂，送來的是那熟悉的牽繫感，但身旁那熟悉的人兒卻已不再。

緬懷般地伸手輕觸微風，不知不覺地她作了妹妹當年在此的同一個動作。

也許，這趟行程仍有許多難關橫在面前，但，她不會再讓相同的事重演。

盡一切力量，守護。守護身旁僅有的，如家人般的好友們。

望著莎琳陷入冥思的身影，後方四人沒打擾她。皆了解雖已過三年，但失去摯愛妹妹的傷痕依然隱藏在她的心扉深底，每每觸及仍是如昔日般鮮明灼熱。

不過，無論忍受著多深的傷痛，那美麗堅定的身影依然挺立前方，引領著摯愛的土地、摯愛的人們；以特有的溫雅柔和帶給身旁的人們希望，暖化每一顆僵冷失溫的心。

略帶欽佩地望著莎琳優雅而行的身影，海薇兒忽然想到了一件事，轉頭問了騎在身旁的恩琪雅。

「那天……評判會那天，不是有位穿棗紅色衣服的小姐，處處針對我們。她……也是三百年前受害者的後代嗎？」那天若不是莎琳沉穩應對，那女子將影響不少群眾的想法。

「妳是說琵碧娜吧？不，她跟那件事可一點關係都沒有。」想到那個矯柔作態的女子，恩琪雅便起了一陣厭惡感。「她只是嫉妒，嫉妒莎琳，所以處處都要跟她作對。」

「嫉妒？」

「對。因為她愛慕的人只注意到莎琳，連看都不曾看她一眼。」恩琪雅不屑地說，「就為了這個幼稚的原因，她就連評判會那種場合也不忘興風作浪。」

莎琳是她很重視的朋友，所以這口氣恩琪雅一直無法嚥下。

「不過，她愛慕的那個人，的確是個人人欣賞的奇才。」恩琪雅停頓了一會兒，眼神中有著純粹的欽服。「『風之使者』歐錫德，他是三年前莎琳出任務——就是小安犧牲的那一次——在回程的路上認識的。他和莎琳，早已超越了友情及愛情的關係了。沒有人知道歐錫德在哪裡，但莎琳總能找得到他；平常不見人影，但只要莎琳需要他，他總會出現。就像風一樣，來去自如，沒有人可以束縛他，但他想要完成的事總是能完成，所以才會有稱號作『風之使者』。」

「真希望……能夠見到他一面。」聽得微愣的海薇兒喃喃說著。

「說不定，這趟旅程就能見到他呢。」恩琪雅淺淺一笑。

風何時起，何時來，何時相遇，何時離去，是沒有定律可言的。

也許，今日想到他，明日他便現身；也或許，今日他還在身邊，明日便到了遙遠的他方。唯有超越友情及愛情的關係可以突破心的障礙，接受來去無蹤的風。

而歐錫德是風。確切地，無拘無束的風。

海薇兒想著，還待開口，便見前方的莎琳已停了下來。掉轉馬頭，莎琳細緻的臉龐有著毅然決然的光芒，巧妙地掩飾住一抹擔憂。她向大家招招手，四人在她身旁圍聚。

「再不久，就要到月翼族了。」莎琳望向前方，纖手微揚，指了一個方向。「通過前面的原野，就是月翼族領地了。」

四人望向前方，一片蒼翠的綠野展現在眾人面前。輕起的微風將原野上的青草吹得微微擺動，彷彿綠海上滾滾湧動的波浪，廣闊的景致是清幽。

初至此地的彼瑟、海薇兒及莫倫望著似乎綿恆的景觀，不禁怔了。而上一回已隨同莎琳來過此地的恩琪雅，因著此景又回想起了那不再復返的人兒。抬首，聽見亦是若有所思的莎琳溢出了一聲輕嘆，便到她身旁，無語地輕輕拍了拍她的肩。

回過神的莎琳看向恩琪雅，感激地淡淡一笑。

收回了自己的心神，莎琳找回了原本欲說的話。

「現在月翼族的情形，連我都不是很清楚。只知道他們換過首領，現任首領是一名女子，名叫『法蓉』。」

「聽說不是個簡單的人物。」恩琪雅補充。

「嗯。」莎琳點了點頭，接著說道：「我們這次的任務，就是要完成三年前和月翼族所訂契約的最後程序——最終契約。天羽使者和月翼首領互換代表兩族的信物，並再宣示一次當初的契約內容，最終契約就算完成。」略停了停，她望向彼瑟及海薇兒，「彼瑟，麥格斯交給你的卷軸就是信物，請你到時和月翼首領互換；而小海，宣示內容就麻煩妳了，需要宣示時我會告訴妳詳細。」

看兩兄妹皆頷首，莎琳思索了一下，再續吩咐。

「恩琪雅和莫倫，就請你們當見證人了，證明最終契約的完成。而我，我會觀看整個儀式，確保每個過程都生效，以免所有的辛苦白費。」

她的眼神有種奇特的堅定，分配事情的語氣是少有的嚴肅。

「妳放心，我們會盡全力完成。」沉默延續了一會兒後，彼瑟開口，其餘諸人皆點頭附和。

「謝謝。」淡淡的微笑又重回莎琳脣畔，但掩飾不了微笑下的隱隱沉重。「我知道我可能擔心太多，我只是不希望……再有類似的事發生。」

即使語氣平靜，但莎琳略帶隱憂的水藍清眸，望向了海薇兒——與逝去的妹妹神似的海薇兒。

大家都曉得她話中的意思，卻亦有著相同的擔憂。

沒有人能開口要大家別擔心，沒有人能保證一切皆能順利平和。

他們正向著一條望不見前方的路行進，或許平坦寬闊，或許崎嶇險峻，或許窒礙難行——但為了所堅守的信念，只能繼續前進。

「我們都要相信希望的存在，都要相信，我們做得到。」

柔聲說著，莎琳仍是如往昔般一肩挑起安撫眾人的責任。但無法再多說，因她怕再多說將只會洩露內心深層的不安。

原來觸景生情這句話是如此真實。

上馬，依然是領頭騎著。海薇兒策馬至她身旁，靜靜地伴著她前行。

因為我們深愛著天羽，所以即使是不安也要繼續前進。

帶著如此的堅毅，五人向著未可知的目標而去。

＊＊＊

陣陣微風捲起些許黃塵，谷地上的人們正依著個人崗位作著應有的工作。

這天的月翼族，似乎和往常的每一天一樣——和三年來的每一天相同。

谷地中央一頂最大的圓式帳子內，一名高佻豔麗的女子正專注地凝視著窗外。不顯露任何表情的面容使人無法輕易讀出情緒，唯有那暗紫色的雙眸似乎閃著一抹波光。

帳外傳來輕微的腳步聲，一名少女探頭進來。

「法蓉大人，天羽使者已經抵達駐守衛兵處。」

女子回頭，略思索了一會兒，以沉穩的目光望向少女。

「先帶他們到預備好的帳子，我晚一點再見他們。」語氣同樣是沉穩的，她停頓了一下，再吩咐：「安頓好之後，去取代表我們月翼的信物，直接拿來這裡給我。蜜兒，就交給妳了。」

「是。」少女點了點頭，便出帳去辦所交付的任務。

法蓉望著蜜兒離開的門口，沉穩的目光漸漸滲入些許深幽，返身，她依舊回到窗前。

「總算是來了。」

不語地望著遠處許久，她低聲地、喃喃自語般地輕輕開口。

依然是面無表情，但凝望外頭的目光似乎已不是聚焦在有形的物象上。

「三年了。總算是，三年了。」低喃的聲音仍然如囈語般，飄然的眼神悄悄染上了一層哀悽。

「你走了三年了，而我，等了三年了。你，又在何方？」

緩緩地伸手，輕輕撫向胸前的紫水晶墜鍊。

「既然，等到的是他們，那麼我，將照著我的意思去做。」

帶著深愁的目光逐漸冷凝了起來。

＊　＊　＊

「這是給各位休息的地方，法蓉大人稍後會見各位。」

一身淡黃衣衫的少女說完，向眾人行了個禮，便退出帳子。

進到了這個圓帳，莎琳和恩琪雅不是沒有感觸的。這正是當年伊瑟諾安犧牲的那趟任務，天羽隊伍所住的帳子。

一切的一切，是如此熟悉，當年的事也彷彿昨天才發生一般。眷戀地輕撫了帳內簡單的擺設，目光隨著回憶飄向某個未可知的遠方，回神，莎琳和恩琪雅只是以眼神給對方安慰，不說破，不想再給眾人沉重的情緒負擔。

五人才將行囊等物品安置好，方才的少女便來了。

「請各位隨我至法蓉大人的營帳。」

互望了彼此一眼，天羽五人便隨著少女出帳，向黃土谷地深處而行。

隨著步伐踩踏，些微漫塵輕揚起，彷彿宣告著他們的到來。

月翼首領的圓帳依然是三年前的同一頂，屬於谷地中規模最大、設備最齊全的。外表看似簡樸，內部卻是如小型宮殿般精緻華美。

同一頂圓帳，只不過，換了主人。

領著五人而來的少女先要他們在帳外稍候，進入通報後，便再出帳來引領他們入內。

種種慎重嚴謹的程序，足以顯示此任月翼首領的位高權重，以及不可小覷的統治能力。

進入了帳內，撲鼻而來的是陣淡淡薰香，順著薰香望去，一雙淡漠中帶著些許迷濛的暗紫深眸正定定地注視著走進來的他們。那目光有著深幽交織冷沉，若霜雪初融的冬日氤氳，伴著一抹淡淡柔媚，似乎空寂朦朧如清冷的月光一般。與那雙暗紫色的眸子對上，又會感覺那深沉幽光根本不是望著自己，而是彷彿穿透了眼前的人事物，飄然至無邊際的遠方。

那抹複雜迷離眼神的主人正坐在一張淡青絨布椅上，一襲靛色綢緞長袍搭配以深紫色披肩，烏黑的長髮披垂至腰際，鑲以幾許精緻的珠墜，冷豔的氣質襯托出高貴的美顏，但又彷彿隱藏著一抹淡淡哀愁。

帳內已安置好座椅，五人皆進入帳後，少女便輕掩上帳門侍立於旁。

「請坐。」眼神淡淡地望過五人，法蓉開口，一樣是淡漠的語氣。

「法蓉大人，很抱歉前來打擾，我們是為了月翼及天羽的最終契約而來。」坐定後，莎琳說道，語氣有禮而誠懇。

「這我已曉得。」法蓉簡短地答道，目光望向了彼瑟及海薇兒，「聽說此次天羽使者中有地面人同行？」

「是的。彼瑟和海薇兒希望幫助天羽這塊土地尋回它原有的純潔，所以他們願意代表天羽統領者出這次的任務。」恩琪雅開口回答。

法蓉沉默了一會兒，直直地望向了海薇兒。

「海薇兒小姐，妳跟天羽上一任統領者有任何關係嗎？」語氣隨著眼神逐漸轉為銳利。

莎琳聽見了這句問話，再心細地察覺了法蓉目光中的銳氣，不自禁地坐直了身子，微微警戒地注視著法蓉和海薇兒。

「沒有，我也是來到這裡才知道她的。」雖然因著那銳利眼神而一凜，海薇兒仍鎮定地回答。

「你們身為地面人，為何如此積極於天羽的事務？」她似乎對他們地面人的身分有興趣，繼續詢問下去。

「雖然來這裡的時間還不長，但我們喜歡天羽，希望能夠回復天羽的純潔。而且希望化解舊有的仇恨，希望……能讓天羽人真正接納我們。」彼瑟一貫沉穩地回答。

法蓉聽了彼瑟的回答，又是沉默了一陣，深幽的眼神讓人看不出她心底真正的想法。

「莫倫先生，」她又轉向海薇兒身旁的莫倫，望著他的目光依然是莫測。「你是否有親戚是反對地面人的？」

不知道她為何如此清楚，莫倫心中警戒了起來，但仍是有禮地回答。

「是，我的家族中的確有親戚始終放不下仇恨，但我父親已帶領我們家與他們脫離了，彼此不再有關係。」

「不再有關係？」不知為何，柳眉微挑，法蓉繼續就著這個問下去，「即使見了面也認不得嗎？」

「不……」因著這句話，莫倫差點失了沉穩。「我們和他們，應該沒什麼機會再見面。」

「這可很難說。」法蓉的回答又是讓人摸不透，但她接下來的這句話卻含著些許惆悵：「這世上，很多事，是沒有絕對的。」

目光黯淡了半晌，法蓉才又看向他們。她似乎有著天生的領導氣息，眾人皆隨著她的言談而開口，而唯一可能與她有相同影響力的莎琳並不打算採取主動，至少，在這初次會面，先多認清楚一些月翼現今的動態。

「莎琳小姐和恩琪雅小姐，妳們上一次應該已經造訪過月翼，也來過這裡，與上一任首領見過面。」法蓉說到這裡，原本望著兩人的眼神又飄開了，「相信對天羽族來說，月翼上一任首領不過是使天羽上一任統領者犧牲的罪魁禍首，我曉得天羽族許多人都深恨他，妳們必定希望再次向他完成最終契約。可惜，他離開了，自從執行契約後就離開了。」

覺得自從進入帳子後月翼首領說的盡是與他們相關、卻又飄忽的話語，五人互相望了望，恩琪雅忍不住抬起頭欲開口，但莎琳按住了她的手。

「法蓉大人，」她柔美的嗓音仍是溫柔，但卻隱含著一絲不容置疑。「我妹妹的犧牲，對天羽族來說，的確是難以抹滅的傷痛。但至少我們幾個人清楚，那是她所選擇的方式，那是她為守護天羽的純潔所選擇的犧牲。」目光定定地望著法蓉，莎琳似乎隱隱明白了什麼，「我們不會把失去統領者的傷痛化為對月翼前任首領的恨，我們只是希望能還歸天羽純潔，共同守護這塊土地。」

法蓉望著莎琳，眼神不再飄忽，似乎從她的眸中讀出了些什麼。她帶著銀金色鑲戒的纖細手指不自禁地又撫上了胸前的紫水晶墜鍊。

「如果方便的話，我想請各位多於月翼留幾天。關於最終契約的事，還待與各位詳談。」收回了心神，法蓉只是淡淡地說。

送客的意思明顯，天羽五人於是起身準備出帳。

「蜜兒，送他們回去吧。」

在淡黃衫少女來引領他們出帳前，海薇兒注意到，法蓉帶著複雜的神情，深望了她一眼。

＊＊＊

賓客離去，寬闊的圓帳內又顯得冷清。

但冷清不代表淒寂，真正引起淒寂的只能是內心。

「法蓉大人，他們都回帳了。」

在蜜兒回來報告時，她也只是淡淡地回頭看了一眼，點了下頭算是知道。

還是若有所思地沉默了一會兒，她抬頭望向了仍侍立於側的少女，出口的話語沒有溫度，彷彿情感已盡皆抽離。

「蜜兒，妳已經跟了我三年，妳說，他有可能會回來嗎？」

「法蓉大人……」當了她的貼身女侍三年，蜜兒早已清楚主子心中那份深沉的情感，痛苦只是壓抑住，仍會隨著時間越積越深。

「沒可能的，是吧？」

法蓉淡淡的話語卻瀕臨破碎，當思念積壓久了，總是有破裂的時候。

特別是，又看到如同當年那抹相似的容顏。

「我知道，我都知道，他因為那抹眼神而離去……而那，卻是他自己選擇所造成的後果。」

「法蓉大人，妳別這樣想……他說他會回來，他還是有可能回來的。」

蜜兒在她身旁輕聲說著，跟著這位雖嚴謹但極為體恤下屬的主子，她受到的照顧是難以言喻的。所以此刻的她，聽出主子異於往常的情緒，極希望能安慰她早已被思念侵蝕得傷痕累累的心。

「謝謝妳。其實我早就清楚，只是今天看到那個地面人女孩，又想起了三年前那抹引他離去的眼神……」

她幽幽一嘆，同時思索了起來。

「看來我，必定得答應那封信函，迎進那支隊伍……」

抬首，她的眼神是冷冽而銳利。

「如此，才能永絕後患。」

＊　＊　＊

還是清晨，谷地中卻不似往常地有著熙熙攘攘的談話聲及步伐聲。原本寧靜的月翼谷地瞬間籠罩著一襲莫名的冷肅氣息，彷彿有某支精壯隊伍即將進駐。

月翼諸人卻似乎並不感訝異，如當初天羽使者們到來時相同，他們似乎早已知曉有著遠客來臨。月翼族的管理效率，的確不可小覷。

天羽帳中亦聽聞了此不尋常之聲，五人中習慣清晨即起的莫倫已梳整完畢，便走出帳外一探究竟。

隨著聲音來源，他慢慢向著月翼中央廣場走去，一股熟悉的冷冽氣息攫住了他，他不自禁地僵在原地，卻無法得知何以又逢如此寒氣。

那是屬於內心深處的寒氣，伴隨他已數載春秋，他好不容易才逃離了的陰寒之氣。

無法置信，莫倫心底已知道答案，但腳下仍繼續向前而行。

他要親眼看到，以證明他的感覺是錯的。

但當他踏入廣場邊緣，眼前所見的景象已讓他全身如入冰窖。

那陰沉的面容、那冷冽的眼神、那肅殺的氣息，再再只證實了他最大的憂心已成真。

他無法正視那對深如幽穴、寒如冰刃的眸子。

往旁邊一瞥，卻看到仍然身著靛袍紫披肩的法蓉佇立於廣場中央，她微微偏頭，望見了他。

「莫倫先生，」淡淡地，她揚起了一抹微笑，隱含危險的微笑。「這幾位想必是你的舊識，我就不多作介紹了。」

莫倫仍僵冷地佇立在廣場邊緣，無法相信眼前所見。

法蓉看了看他，脣角再度微微上揚。

「月翼的另一批賓客——索羅多先生，以及他的隊伍。」

莫倫終於抬頭，高挺的黑馬上，他的叔叔正對著他冷冷而笑。

§ *Chapter* 7・心塵 §

晨風帶著些微涼意，逐漸被初昇的朝陽取代，但心底的涼意卻未消退。

天羽其餘四人亦來到了月翼中央廣場，站在莫倫身後。他們無法相信自己的眼睛，全身彷彿凍結了霜，在初曉晨曦中卻如入寒冬。

那身穿深藍袍子，高坐在最前頭黑馬上的男子——莫倫的叔叔，名喚索羅多的黑馬騎士——正帶著陰冷的眼神凝視著他們。

而身後那數十人的黑衣騎士亦面若寒霜、陰沉冷冽地聚目而視。

「莫倫，好久不見。相信你跟你那懦弱的父親都過得很好罷？」

雖是問句，但語氣冷得彷彿是一具機器在說話。

只除了嘴角那泛起的淺笑，帶有嘲諷意味的危險笑容。

昂首凝視著叔叔，莫倫不發一語，但眼神裡已無絲毫畏懼。

「嗯，這還差不多一點，我還以為你們一家都是懦弱之徒呢。」看著莫倫眼裡漸漸升騰的怒意，索羅多更是滿意地笑了。「不過我想愚蠢也差不了多少吧。去依附一群註定會被毀滅的人，還是我輕而易舉就能解決掉的人。」

「叔叔，請你別這麼說。」即使怒氣升騰，莫倫仍強自維持著有禮的語氣，但聲音已因強忍的憤怒而不穩地搖擺著。

一隻溫暖的手輕輕握上他，他微微偏頭，看見是站在身旁的海薇兒。

「叔叔，」那溫暖的一握澆熄了已近至沸點的怒火，莫倫的聲音恢復平穩，沉著地開口，「我只知道，選擇正確的，選擇向前的道路，選擇我所應該做的。盲目仇恨也許看來是強盛，但終究會崩裂瓦解。」

「哦？」索羅多仔細端詳了他一會兒，似乎在重新評估這個看似改變許多的姪兒，而後再冷冷一笑：「好吧……如果你是這樣想的話……」

不再看莫倫一行人，索羅多轉向一旁的月翼首領，恭敬有禮地說道：「法蓉大人，非常感謝您答覆了我的信函，我這裡有幾個想法，可否與您詳談？」

輕輕點了點頭，法蓉淡漠的神色仍是讀不出心緒，她向一旁的蜜兒一望，少女立即會意。

「諸位請隨我來。」

如同帶領天羽一行人般，處事俐落的蜜兒帶著黑馬騎士們向谷地內走去。

圍觀的月翼眾人逐漸散去，佇立在廣場中央的法蓉向著天羽一行人緩步走來。

「我想，你們會訝異他們的到來吧？」望了望五人，她隨即又接著說：「但我必須鞏固月翼最大的利益。對我來說，完不完成最終契約並不是沒有選擇，只要契約不完整，我仍然可以藉助其他力量來建立月翼的世界。所以，答應了你們的到來，我也在另一方面答應了他們的前來。總是要顧自己最大的好處，你們說是嗎？」

「但我認為，真正對的選擇是先考慮過如此決定的後果，如果會對自己，或對週遭的人、事、物產生任何不好的影響，即使有再大的利益，都不是一個應該做的選擇。」海薇兒直直注視著法蓉那暗紫色的雙眸，堅定地說，「我贊同莫倫剛才所說，選擇所應該做的，而不是最渴望的。」

法蓉正視著海薇兒，這一抹相似的容顏曾在昨夜再次使她的心扉揪緊，但此刻再對著這張面孔，她卻是輕輕一笑。

「每個人都有自己的想法，是吧？可惜我們所想的不同。」調回視線，她朝谷地另一個方向望了望，「原諒我得先離開了。各位的事，稍晚一定與各位再詳談。」

起步欲走，她卻似想到什麼般又回了頭。

「妳們，」她看了看莎琳和海薇兒，說了句他們完全想不到會在此刻、會從她口中聽到的話。

「妳們，真的很像當年的她們。」

一抹淡淡的微笑後，她便轉身離去。

沒有人能看到，那抹淡淡微笑後隨即隱痛的，空洞凋零的心。

莎琳忽然落了淚。

在法蓉說完那句話離去後，她忽然無法抑止地落了淚。

有種莫名的哀愁深擊她的心扉，如鎖鏈般緊緊糾纏，似無形的桎梏狠狠攫住，令她的心忽然沉重了幾許，彷彿沉入了悲哀滿溢的大海。

也許，是感受到了法蓉所隱藏的痛與怨；也許，是因為壓抑已久的情緒忽然遇到了相合點，再也積聚不了而一下潰堤。

晶瑩的淚滴，就這樣無法控制地忽然落下。

總是溫柔地安慰人的她，自己卻也有著積壓已久的情緒。

淚水模糊了視線，微眩中她頹軟地坐了下來。

其餘四人陪著她蹲下，早已習慣了莎琳的照顧，習慣了她的堅強及溫柔，一時之間不知該如何安慰。

也是忽然地心有所感，海薇兒伸臂輕輕環住莎琳的肩。

靠著海薇兒，莎琳無聲地啜泣起來。

＊　＊　＊

再次見到法蓉時，已是夕陽西沉。

「最終契約一事，我無法答應執行。」面無表情地，法蓉開門見山地說。

天羽五人互望，微微變了臉色。

「法蓉大人，執行最終契約並不會改變月翼現狀，只是完成當年未完成的儀式罷了。」恩琪雅微蹙著眉說道。

「當年進行契約的，不是我。」法蓉道，眼中閃著銳利的光芒。「不會改變月翼現狀，但月翼從未滿足於現狀。當年被迫訂下契約，月翼的現狀是被束縛住的。」

抬首，她正視著他們。

「我已和索羅多先生達成協議，他願意與月翼合作，出力完成月翼所願。只要契約不完整，力量就不夠強，即使月翼本身無法進行任何行動，但可資助他們，由他們替我們出力。」

這句話如響雷般敲上天羽五人心頭，五人皆斂眉不語。

「小安當年訂的契約不只這些。」半晌，莎琳開口。經過情緒的釋放，她的堅定更加深徹。「小安訂的契約包括了以她的生命換取天羽的永不瓦解。不管月翼如何做，都沒辦法達成你們所謂的目標。這一個約束，是不需要最終儀式就能成立的。」

法蓉的神情微變，但很快又恢復了冷靜。

「為了杜絕某些可能性，為了不使某些相同的後患再發生，只要能做，我們就會做，達不達到最終目標只是其次。」

「所以就不擇手段嗎？」彼瑟眸中閃著明澈之光，語氣沉穩但帶有一絲凌厲。「為了自己的野心，就不在乎會造成什麼影響嗎？這樣連年爭戰，把天羽這塊土地的原始精神破壞殆盡，不管是誰發起的行動，都只會把不好的影響擴展蔓延。」

「我叔叔的野心，不只向外攻伐。」莫倫緩緩開口，「他要使自己的勢力強大，才依附在月翼族之下。然後呢？您能保證他不會動月翼族的腦筋？」

聽到這裡，法蓉眼神一凜，莫倫的話似乎提醒了她什麼。

「月翼的野心是什麼，我自然清楚。」她朝彼瑟及海薇兒的方向看了一下，「我自然會讓他們做他們所應該做，而防範他們所不應當的行為。我，會守在這裡，我並不像月翼前一任首領。」

說到這兒，暗紫色的雙眸透出某種可解讀為怨氣之光，但一閃即逝。

「法蓉大人，我們並沒有別的意思。」海薇兒輕聲開了口，「天羽和月翼都居住在這塊土地，這塊土地應是由兩族共同守護的。月翼族向外爭戰，雖然是擴展領土，但對月翼人民本身的生活並沒有實質改善，反而還因為攻擊行動而降低了人民的生活水準。如果月翼族能和天羽族共同維持這塊土地的平和、純淨，才是對兩族人民真正有幫助，這也是前任天羽統領者之所以要訂契約的原因。」

海薇兒侃侃而談，如此樣貌在法蓉眼中不自禁地與另一抹影子重疊了。她的眼神，也不自覺地凌厲起來。

「海薇兒小姐，既然妳與她那麼相像，既然妳願意完成她的使命，那麼，妳願意和她走相同的路嗎？」

暗紫色深眸直直望入海薇兒的寶藍色眼瞳，這句暗示意味濃厚的話，令天羽眾人心頭皆一震。即使她們兩人相像，也絕不能讓伊瑟諾安的命運在海薇兒身上再次重演。

莎琳起身，站到海薇兒身前，眼中有著毅然決然的堅決。

「法蓉大人，如果每次契約儀式都一定要有人犧牲才能完成，那麼，小海與這件事並沒有實質關係，請讓我來，我才是真正的天羽人。」

堅定地說著，莎琳沒有絲毫遲疑畏懼。

她可以承受死亡，但無法承受再次失去妹妹；再次眼睜睜地看著無法阻止的犧牲，她的心將會被撕裂。

「莎琳……」海薇兒驚喚，上前一步拉住莎琳的手臂。

「我願意代替所有人，請不要造成無謂的犧牲。」

莎琳直視法蓉，語氣堅決而無畏。

法蓉眸中銳意稍減，神情複雜看不出她真正的想法。

這時，一直侍立於側的蜜兒輕步而來。

「法蓉大人，妳訂於十分鐘後與將領們例行會議，要現在前往嗎？」她的話打斷了室內蔓延的緊張氣氛，她向天羽諸人略帶暗示地望了一眼。

「既然您有會議要進行，那我們就不打擾了。這件事稍後您方便時再繼續與您商談。」

接收到蜜兒的暗示目光，恩琪雅趕緊開口表示。

法蓉的眼神幽遠，面容籠罩上一層莫測高深，她只是微點了一下頭。

天羽五人尚未出帳，她已陷入了往昔回憶中。

「法蓉，我一直錯了，我一直在相信錯的道理。」

你，除去了她，你說你錯？

「她的犧牲不能帶給我們什麼，反而使她得以成全心願，守護她所鍾愛。」

我不懂……

「她才是如願以償，她沒有憾恨。」

你……

「我忘不了，忘不了她臨行的神情。妳知道嗎？犧牲不是成仁，而是成就一己的心願，守護會世世代代永遠存在。那是滿足。剎奪只是一時之快，而犧牲是永恆的滿足。」

你是說，你後悔了？

「是，我後悔了。親手葬送了她，是我做過最無法原諒的決定。妳看到她最後的眼神嗎？她知道我會悔恨，她知道，所以她要告訴我她不怪我，她要告訴我她早已洞悉一切，但是她甘願。」

那麼……

「我永遠都無法從這個枷鎖解脫，永遠忘不了，我知道。所以，我必須離開，找到我的方向，找到應該真心相隨的信念。」

你要……走了？

「是的，我要走。法蓉，月翼首領這個職位就交給妳了，我相信妳能做得比我好。月翼族，這裡，都交給妳了。」

你就這樣離開？你要拋下職位、拋下族人、拋下月翼，拋下……拋下我？

「法蓉，請妳原諒。我不離開，這個悔恨將永遠伴隨我，這個桎梏將永遠無法掙脫。我對不起妳，但請妳諒解。如果妳願意等我，有一天，我會回來的。」

你會……回來？

「會的。時間夠了，我會回來。」

我等你，等你……答應我，你要回來。

你要回來，否則我將永遠無法忘記，永遠，無法忘記……

葛夫。

＊　＊　＊

夜幕逐漸籠罩在人聲漸疏的谷地，晚膳後大多數人皆回到自己的帳中，室外微涼的空氣伴著升騰的寧靜。

天羽帳內，五人都深思著有何對策可以因應白天商談的棘手情況，莫倫感嘆地緩緩開口。

「我叔叔他們來，一定不會安好心的。」

「他一定是知道月翼族換了首領，可能對和天羽族的契約這件事有所動搖，所以才會再次來尋求合作，現在他們已經不需要依附了。」經過了這幾天，彼瑟對這類事情的了解日漸深徹，分析起來也沉著精闢。

這時，帳門外傳來輕微的扣門聲，停頓了一下，又再響起。

細耳傾聽確定了，靠門最近的恩琪雅開門察看。

令所有人意外的，在這個時間獨自前來他們帳外的，是法蓉的貼身女侍，蜜兒。

「對不起，這個時候來打擾。可是，有些事想跟你們說，不曉得方不方便？」

想到白天法蓉頓起殺意時蜜兒的適時打斷，以及這位少女當時頻頻使眼色要他們趕快離開，種種舉動，使恩琪雅不禁點了頭，讓她進了天羽帳中。

海薇兒拉了張椅子過來，蜜兒輕聲道了謝後便坐下。

「我是蜜兒，我想你們都知道了，我是法蓉大人的貼身女侍。」簡單地介紹自己後，略為倉促地，蜜兒馬上切入了來此的正題：「無法順利完成最終契約，我感到很抱歉。我來這裡只是想讓你們知道，法蓉大人原本並不是像現在這樣，是因為三年前訂契約那件事後，她才有了很大的轉變。」

說到這兒，微蹙眉的蜜兒遲疑了一下，接觸到莎琳鼓勵的眼神，才繼續說了下去。

似乎已洞悉一些事情的莎琳靜靜於一旁傾聽，眸中的溫暖使蜜兒漸卸下了心防，侃侃而述。

三年前，天羽統領者伊瑟諾安以自己的生命為約束物，與月翼首領葛夫訂下了契約。雖然伊瑟諾安是自己甘願犧牲，但觀者皆明白，葛夫利用伊瑟諾安愛天羽的心，間接殺害了她。

當時的葛夫，野心勃勃，有著統治整塊天羽，甚至讓天羽瓦解，再建立月翼新世界的雄圖。但計畫被伊瑟諾安的契約破壞後，滿懷不甘的他退而求其次，欲除去這位受所有天羽人愛戴的、天羽有史以來能力最強的統領者。

——以天羽統領者的生命。

那時，這句話出口，葛夫的眼神是深沉而冷冽的；但，在契約取走約束物之前，最後見到伊瑟諾安時，他已深深被後悔佔據。

因為那抹眼神，伊瑟諾安那抹純淨、祥和的眼神。

彷彿早已知悉一切。知悉他所欲、所願，知悉他的狠絕，知悉他的悔恨；知悉他，終會為了這個決定而背上枷鎖。但她不怨，不怨她的生命因他而尚年輕便隕落，不怨他不留餘地的決定，不怨他不放過最後一絲的野心。

她以眼神告訴他，她甘願；看到了他會悔恨，她以眼神傳遞，她無怨。為了所鍾愛的土地犧牲，她是滿足無憾恨的。她如願以償。

葛夫被這抹眼神徹底擊倒。

犧牲不是失去一切，而是成就一切。葛夫忽然明白了犧牲的真理。

但伊瑟諾安那抹眼神仍烙印他腦海中，如同無形的枷鎖般深錮他的心，悔恨如藤蔓般逐日滋長。

他決定離開，去雲遊各地，呼吸新的空氣，找尋新的信念。

所以他毅然決然地走了，臨行前把月翼首領之位傳給聰穎沉著的、與他相戀多年的女子——法蓉。

然後他就這麼拋下一切、拋下他所愛的女子，無目的地雲遊。

而那接下他位子的、原本溫和寬厚的法蓉，彷彿從此變了一個人。

——如果妳願意等我，有一天，我會回來的。

他臨行前的這句話始終縈繞她心頭，她自此被思念啃蝕著。

她執著地等待，盡全心去相信他會回來。一月、兩月、三月，一年、兩年、三年，思念和期盼逐漸轉成利刃般的痛苦，在她心坎畫上一痕又一痕的傷，也逐漸削減她的相信。

但她依然等待。

——他會回來，會回來的。

每晚法蓉唯能拼命說服自己相信，然後繼續日復一日地等待復等待。

但不完整的心，已無法再付出任何多餘的溫情。她變得冷沉而果絕，淡漠的神情讓人無法一眼透析情緒，深幽的眼神亦使人無法輕易讀出她真正的想法。她把對葛夫無盡頭的沉重思念化為積極經營月翼族的行動，在不知不覺中，她已成了明斷但處事凌厲不留餘地的月翼首領。

葛夫定無法想像，他的出走，改變了法蓉，更再次牽連著害了天羽使者們。

而法蓉的等待仍不止息，任已傷痕累累的心版繼續被思念侵蝕著。

她只是等待著，一個又一個的明天。

「身為女侍，我一直是被法蓉大人照顧著。」

說完了往事，蜜兒輕輕一嘆，望著專注傾聽的天羽五人，充滿誠摯地繼續說著。

「我很感謝她，如果不是跟著她，我不會過得這麼好。可以說我幫她處理一切大事小事，但事實上是她一直在照顧我。不管她變得怎麼樣，我相信，心底深處仍然是如同最初，那最初的溫和良善仍然存在。」

輕聲述說，她眼中是發自內心的誠懇。

「我瞞著法蓉大人來這一趟，只是希望能讓你們了解，她並不是如她外表所見的那樣，真正的她依然存在內心中。我希望這能對現在這些事的解決有所幫助。」

天羽眾人皆被蜜兒真誠的心所動容，莎琳輕輕開口：「其實我，看得出來，法蓉大人心中一直被某種情感糾結著。我能了解她為何有那些決定。我相信，總是能有解決的時候。」

隨著莎琳的話語，其餘天羽四人皆頷首。

「謝謝你們。」蜜兒微笑，望了望窗外夜色，起身欲告辭，卻又想到什麼似地開口：「你們知道，當初法蓉大人讓索羅多先生他們進來，要他們答應什麼條件嗎？」

不等他們回答，她再續說，眼神澄透而清明。

「她說，不許傷害任何在她境內的天羽人，和地面人。」

§ Chapter 8・揭祕 §

夜幕低垂，寂靜降臨在已陷入沉睡的谷地。燈火一盞接一盞地滅了，漸漸地，如絨黑幕之上，只餘點點星子散著微弱光芒看顧著靜止的大地。

海薇兒悄悄地起身，不發任何聲息地出了天羽帳子，向四周看了看，她朝著前方唯一燈火未熄的圓帳走去。

同一頂帳子中，一抹黑衣身影亦悄悄地跟隨她而出。

到了谷中最大的一頂帳子前，她停步，似乎是猶豫著該如何進入。幾乎整個谷地都已是沉睡狀態，但唯有這頂帳子仍是燈火通明，帳中人似乎全然未準備就寢。

在帳門外站了一會兒，與推門而出的蜜兒打了個照面。蜜兒初見到海薇兒愣了一下，但隨即引她入內，向法蓉通報過後才又出帳。

外頭的黑衣人影隱到了帳外窗下陰影處。

帳內，法蓉依然是淡漠地面對著深夜獨自前來的海薇兒，以眼神詢問了她的來意。

「不好意思，這麼晚還來打擾。」定了定神，海薇兒鼓足了勇氣，抬起頭以平穩的語氣說道：

「白天的商談，我曉得您的意思。是否只要我願意犧牲，最終契約就能順利進行？」

依然未開口，面無表情的法蓉只是微微點頭作回答。

「那麼，只要您答應執行最終契約，永保天羽平和，且不再牽連其他人，」海薇兒頓了頓，依然勇敢地正視著法蓉，「我願意犧牲。」

法蓉望著她，沉默中帶著複雜的神情，海薇兒注意到她的手輕握上胸前的紫水晶墜鍊。

「天羽這塊土地與妳並沒實質牽連，為何妳願意用自己的生命換取她的平和？」半晌，法蓉平靜地開了口。

「因為我喜歡這塊土地，在我心裡，她與我有著密不可分的牽繫，我願意盡我所能守護她的純淨安和。」

海薇兒並不知道，在不知不覺中她說出了與當年伊瑟諾安幾乎一模一樣的理由。

法蓉望向她，卻又不似真的看著她，眼神已飄然至虛空的某處。

但複雜深幽的神情還在，暗紫色的眸中隱隱透著些許戚然。

「好。」許久，法蓉淡淡地說，眼神微微有一絲冷意，「我就成全妳的心願。」

她從後頭的木櫃抽屜內取出一只黑色小瓶，以軟木塞為蓋，裡面似乎滿滿是液體。

「喝下這個，妳立刻就能如願以償。而我明天一早就執行最終契約，我說話從不食言。」她的語氣與目光皆似結冰般冷冽。

「謝謝您。」

不畏縮地，海薇兒勇敢地接下了瓶子，拔開了軟木塞。

「法蓉大人！」剛進入帳內的蜜兒乍見此景，變了臉色，急忙喚了法蓉一聲，欲阻止海薇兒接下來的舉動。

但有個人比她更快。

一抹黑色的身影如疾風般衝入了帳內，從海薇兒手中搶下了瓶子，碰撞之下，黑瓶落地而碎，暗青色液體自瓶中流出。

「請讓我來，讓我代替海薇兒。」

衝入帳的莫倫喘息未歇，碰一聲雙膝跪落法蓉面前。

「莫倫……不，讓我來……」

海薇兒急喚莫倫，急望向他，眸中滿是著急與驚惶。

莫倫偏頭，兩人的目光對上，瞬間都愣了一下。

從對方眸中望見的，都是願以一己之命代替對方的強烈意願，都是只希望對方沒事的念頭。

原來他們，早就願意為對方抵上自己的生命。

兩人就這樣陷在彼此的目光中，忘了身前的危機。

「我相信您那裡還有這種藥，請讓我代替海薇兒。」先回過神的莫倫抬首，仍是執著地對著法蓉說。

「莫倫！」海薇兒也仍是堅持地急喚莫倫。

但打從莫倫闖入後便一直沉默的法蓉始終沒有動作，似乎是失神地望著他們兩人。

「沒有誰要犧牲……」

莫倫和海薇兒的再次開口使她回神，她忽然說了這麼一句。

「原來這就是，不顧一切，為彼此犧牲的真心。」

她的手緊緊握著紫水晶墜鍊，聲音微微顫抖，暗紫色的眸中透出了清晰的、深刻的悽楚。

「法蓉大人……」互望了一眼，感到異樣的海薇兒和莫倫喚了她，而蜜兒趕到法蓉身旁，扶了神色異於平常的她坐下。

「原來這世上，還有這樣的真心存在。原來，還是有……只是，從來都不是我能夠得到……」

喃喃地說著，法蓉緩緩地漾出了一個帶著悽楚的微笑，痛楚的神情沒有消退，她闔上了雙眸，淚水沿著面頰緩緩地滑落。

忍了三年的情緒，三年不曾落下的淚，終於，在今夜釋放。

望著與之前含著冷冽殺意完全不同的法蓉，海薇兒似乎感受得到她心底深深的痛。怯怯地，她遲疑了一下，還是忍不住走上前，半蹲跪著用雙手握著法蓉。

「謝謝。」一會兒，控制住了潰堤的情緒，法蓉抬首望著莫倫及海薇兒，「沒有誰會犧牲。你們，讓我看到了何謂不顧一切的真心。」

她的目光落在地上碎裂的瓶子。

「等待太苦。那個，原本是我為自己準備的，為了再也無法等下去的那一天。」

聞此言，海薇兒和莫倫皆帶著訝異及不忍的神情望著她。

「這，是葛夫當年離開前，送給我的。」她拿起紫水晶墜鍊，懷念地用手指輕撫著，「我想你們都知道我和他的事了。」

望向身旁的蜜兒，她的眸中有著淡淡的感謝。

「三年的等待，已經讓我不相信世界上有真愛的存在；等一個不知道還會不會回來的人，已經使我失去了自己。我的日子在說服自己相信及繼續等待中度過，其餘的時間我只能盡一切力量使月翼壯大，這樣才能讓自己分一點心思到別的事物上，否則我的生命將只剩等待。」

幽幽一嘆，她的目光柔和了下來。

「海薇兒小姐，妳實在太像當年的伊瑟諾安，而我始終忘不了，就是那抹眼神，讓葛夫離開。」輕輕閉上眼深呼吸了幾下，調整好情緒後，法蓉再開口：「我只是擔心，莫名的擔心，擔心會再有相同的事發生，即使他已經不在這裡了。」

剖析了心緒的法蓉眸中有一絲歉然，而面對之後，心似乎亦釋然許多。

「法蓉大人，我了解妳的感覺。換作是我，也會有相同的舉動的。」海薇兒輕聲說道，善良的本性使她完全不怪法蓉之前甚至要取她性命的作為。

「我相信，他知道您的心，他會回來的。」望了海薇兒一眼，莫倫亦是誠懇地說。

「謝謝。」法蓉輕道，她望向莫倫，「莫倫先生，我想你應該了解你叔叔，你放心，不該答應的事我不會放任他們去做。相對於他們，我會站在天羽族這邊的。」

略沉吟一會兒，她再看向兩人。

「明天，我便執行最終契約。請你們準備好信物，在中央廣場完成儀式。」說到最終契約，法蓉的語氣漸漸回復平時的沉穩。

「謝謝您。」莫倫及海薇兒誠懇地說，發自內心地。

法蓉只是淡淡一笑，融合了些許哀愁的淺笑。

在告辭出帳前，他們聽到法蓉輕輕地說道：

「只要真心之愛還存在，我會等他，等他，直到他願意回來的那天……」

＊＊＊

「所以，我已同意月翼族與天羽族進行最終契約，讓三年前的事能有個完結。」

月翼中央廣場上，法蓉對著所有族人如此宣佈，而一向任何事皆服從首領的月翼族人並無人表示其他意見。

已按照法蓉吩咐攜來代表月翼信物的蜜兒立於一旁，等候儀式的進行。

天羽五人亦站立廣場中央，彼瑟手中握著天羽信物的卷軸，海薇兒已由莎琳口述背全了宣示詞。

法蓉偏過頭，正要蜜兒送上信物時，一個陰沉的嗓音出聲。

「且慢。」

大踏步地，身著黑衣搭配深藍袍子的索羅多自人群中走了出來。

「法蓉大人，您答應與天羽族執行最終契約，是否代表我們之間的合作宣告破裂了？」

他的語氣咄咄逼人，但法蓉依然直視著他，沉穩而從容。

「我想我稍早已經表示得很清楚了，月翼族和天羽族間的契約早在三年前便訂下，最終儀式是或早或晚都必須執行的事。對我們月翼族來說，契約的狀態行不行最終儀式並沒有太大改變，而爭戰的確大大耗損了人民力量及生活品質，這是我這幾天才領悟出來的。除了爭戰外，其他形式的合作，都有再商談的空間。」

「您是否曉得，天羽族負責行最終契約的使者是地面人？」隨著冷厲的問話，索羅多的目光掃向了彼瑟及海薇兒。

「這我自然清楚。」法蓉向前走了一步，立於天羽一行人及索羅多之間。「只要身分是天羽族派出的使者，最終儀式的進行與血統並無關聯。」

「但您可知道這兩位地面人的真實身分?可知他們真正的底細?」索羅多語氣銳利地問道，眼角餘光冷冷瞄向了兩兄妹。

兩兄妹帶著疑惑不安的神情互望了一眼，不解索羅多此言之意。

而身旁的莎琳及恩琪雅亦互望了一眼，眸中有著些許擔憂。

法蓉直視著索羅多，柳眉微蹙，但仍堅持地站立於兩方人馬中間。

「我記得莫倫你知道吧?」見法蓉沒說話，索羅多帶著冷冷的笑容問道。望著莫倫蹙眉思索，似乎有些許浮光掠影但又無法攫取任何記憶，他再續說：「也許時間太久了，你忘了，所以才會跟他們混在一起?」

他的嘴角微揚，目光像要宣告什麼似地環視四周。

「各位可知天羽曾出過一位叛徒？在三百年前地面人大肆侵略，殺害天羽人而結下仇恨後，卻仍然有人心念著去見識地面世界，去認識地面人。在距離現在幾十年前，有一名天羽女子發現了穿越次元的方法，私自到了地面世界，在那裡定居，甚至和地面人結婚生子。」

說到這兒，索羅多停頓了一下，望見莎琳和恩琪雅微變的臉色、莫倫的疑惑擔憂、以及彼瑟和海薇兒兄妹的訝異不安，他的神情透出了滿意之色。

「那位天羽女子沒再回天羽過，她不久就在地面世界去世。而她那位地面人丈夫卻多活了很多年，見過了他們的下一代再結婚生子，成為一個龐大的家族。但他的子孫多半不長壽，逐漸去世到只剩他以及兩名後代，就是現在各位面前的這兩位地面人。」

圍觀的月翼眾人在聽聞此言時，皆面露難以置信狀，紛紛驚訝地互相低語交談，連彼瑟、海薇兒亦無法相信。

不發一語的法蓉在索羅多說話時始終直視著他，面無表情的淡漠亦始終不變。

莫倫似乎想起了什麼，他望著他的叔叔，但眼中含著深厭及無法苟同；莎琳和恩琪雅面色沉重，索羅多至目前為止所言皆為實情，她們知道，但接下來呢？她們是擔心的。

「那位地面人丈夫始終記得妻子提過的天羽世界，提過那裡多美好富庶，他便動了不安好心的念頭。」索羅多繼續說，眼中閃著惡意的光芒。「他自己已經衰老病重，沒辦法再親自前往一探究竟，就唆使兩名後代到可能的地點尋找進入天羽世界的途徑，矇騙了天羽人的信任後，再奪取這裡的珍貴資源回地面世界，接著，三百年前那場浩劫就會重演了。」

他眼中得意之光不滅，帶著危險的笑容望向天羽一行人。

「所以，如果三位不知情，就是他們矇騙成功；如果知情，那就是聯合外人共同危害天羽了。」

聽到這一席話，圍觀的月翼眾人不禁以略起疑的眼神望了望彼瑟和海薇兒，竊語聲更多了。

「索羅多先生，」恩琪雅站了出來，沉著地凝視著那陰險面容，「我承認您前半所言，有天羽女子到地面世界之事為真。但指點彼瑟及海薇兒到次元入口的長輩並沒有指使他們做任何事情，甚至從未告訴他們有這個世界的存在。那些，純屬無稽之談。」

「恩琪雅小姐，多年不見，妳果然選擇了祖護地面人這條路。」索羅多望了她一眼，刻意忽略他們曾在樹林碰面打鬥之事。「謀略者會承認自己是不安好心的嗎？各位天羽族的使者，你們真的相信他們說的任何一句話？」

「相不相信是憑自己的心去感覺，索羅多先生。」莎琳語氣輕緩，但有種特別的氣勢伴隨，「我們相信他們的話，因為我們相信自己的感覺。況且不是只有您一個人調查過這件事，我所了解的不比您少，而我所查到的訊息都顯示，他們兩位是在完全不知情的狀況下來到天羽世界。」

「叔叔，」莫倫接口道，眼神緊盯著索羅多，「您發誓報復地面人已經不是一天兩天的事。認識您的人都曉得，您一直緊抓著三百年前的仇恨不放，這樣的心態下所說的事，大家都會起疑它的真實性。在這樣的仇恨心態下，怎麼能說您的故事不是編出來的？」

莫倫話鋒銳利，目光無畏地正視著叔叔。經過了心靈洗鍊，他已不是之前那不敢多言的軟弱青年。

「我所說的並沒有證據，你們所說的也沒有具體事物證明真實性。但地面人三百年前曾入侵是事實，難道你們認為那是對的行為？」索羅多的話已鋒芒畢露，陰險的神色仍不變。

圍觀的月翼眾人漸漸有了騷動。

「夠了。」一直不語靜聽的法蓉開口，話中有種自然的威嚴與氣勢，「索羅多先生，在我們月翼族，未經確定與商討的訊息就冒然發布給眾人，是很不妥當的行為。行不行最終契約，是天羽族與月翼族之間的事，決定權一直是在我們兩方手上，在我，以及天羽使者的手上。」

她向前踏了一步，環視月翼眾人，不多久眾人皆噤聲了。

「各位，」法蓉朗聲說道，她的話有使眾人都專注聆聽的神奇力量。「我想月翼人並不會因為單一方說詞就被混淆視聽，動搖心念。現在還無法證實索羅多先生所言是真是假，請各位暫時別妄加猜測，等待我與他們商談後，再告訴各位我們打算怎麼做，以及最終儀式是否進行。」

從容地說完，她回頭望向索羅多及天羽一行人。

「那麼，麻煩諸位隨我到議事處商談。」

＊　＊　＊

月翼族的議事處位於谷地深處，一頂只比法蓉所居略小一點的圓帳。

走在黃土地上，天羽一行人皆面色凝重。在這個節骨眼事情又生變，是他們沒有想到的；而索羅多說出的所謂「內幕」，對不了解的人的確有足夠影響力。

唯一令他們稍感慰藉的是，法蓉一直暗中保護著他們，不讓索羅多的人馬有進一步傷害他們的機會。

在前夜因莫倫及海薇兒而動容後，法蓉真的是改變了。對於決心要保護的人，她不會有一絲一毫的讓步；也許，這才是真正的她。

在行走中，海薇兒刻意落在隊伍的最後，她和彼瑟皆被索羅多所言攪亂了心緒，當下完全無法替自己辯護。之前已在費洛提堡略有所聞的彼瑟尚能鎮定心神，而完全初聞此事的她，直到這時才大略整理了所接收的紊亂訊息。

「恩琪雅，妳之前就知道我有祖先是天羽人嗎？」

放低了聲音，海薇兒悄聲問了身旁的恩琪雅。

「最初只是一個傳言，傳言曾有位天羽女子到了地面世界，與地面人結婚生子。」恩琪雅亦是壓低了聲音回答，「但我跟莎琳討論過後，懷疑這和你們來到天羽可能有關。我們很擔心要是這個傳言被不懷好意的人抓住調查，那必定對你們很不利，所以我們決定自己先來查。」

「所以，這件事是真的囉？」

「你們有祖先是天羽人，這是沒錯的；你們的老公爵，就是那位天羽女子的丈夫，他暗中引領你們到這個世界，這也是事實。但之後那些全是索羅多編出來的。莎琳果然想得沒錯，像他那樣不安好心的人，一定會抓住這點，加以編造扭曲。」恩琪雅緩緩搖了搖頭，悄聲地嘆了口氣。

「這麼說……彼瑟和我真的有天羽血統了？」海薇兒心底有著難以形容的興奮感，甚至壓過對接下來的擔憂。

「如果照目前所有的訊息顯示，是的。」恩琪雅彷彿亦感染了海薇兒的興奮，微微一笑說。

「那我們更要完成最終契約的任務了。」海薇兒堅定地說，寶藍色的眸中閃著無畏之光。知道自己有天羽血統，似乎讓她更把守護天羽當作自己的責任。

談話中，月翼議事處已在眼前。

進入圓帳前，不知何時已脫離隊伍的蜜兒腳步略急地走向法蓉身邊，輕聲對她說了幾句話。只見法蓉眼中瞬間閃過一抹驚訝之光，略帶悅色地向蜜兒點一下頭，蜜兒便迅速向反方向而去。其餘諸人並未留意蜜兒與法蓉的交談，待蜜兒離去後，法蓉便帶領眾人踏入寬闊的帳子。

一進入帳內，無疑地，展現在眾人眼前的便是一間設備齊全的會議室。米白色長桌佇立中央，旁邊整齊地排列了十幾張座椅，正前方還有可供報告及圖示用的大型寫字版。

不需法蓉引導，天羽五人便在長桌的一側依序坐下，而獨自前來的索羅多在另一側入座。法蓉走到長桌正前方的位子，拉開椅子還未落座，方才離開的蜜兒便入帳來，再低聲向她說了幾句話，待她點頭，迅速又出帳。

而法蓉回頭望向眾人，似乎有什麼消息令她精神一振。

「各位，」她宣布，「我們有一位遠道而來的訪客。」

話未畢，便有一個明朗的嗓音傳來。

「法蓉大人，冒昧來打擾，希望您不介意。」

聽到這個嗓音，莎琳水藍色的眸中頓時閃著喜悅的光芒，恩琪雅似乎是懷疑又不敢相信。

隨著話聲，一名咖啡色鬈髮的男子出現在帳門處。英挺的身材伴隨幾許飄逸，明澈的眼神彷彿盛著一抹光，長期在外跋涉而略含塵灰的衣袍絲毫不顯邋遢，反而襯托出一種漂泊的氣質。

他向法蓉行了禮後，便步入帳內。

「莎琳，好久不見了。」

隨著那輕緩的話聲，莎琳已起身向男子而來。

眸中似乎微微閃著水光，她與男子很自然地給了彼此一個溫暖的擁抱。

伴著緩緩而下的晶瑩淚滴，莎琳的微笑是極美。她這才輕輕喚了男子之名。

「好久不見了，歐錫德。」

§ Chapter 9・風之使者 §

歐錫德的笑容很溫暖，蘊藏著某種與莎琳相似的氣息。

和莎琳擁抱過後，他向亦是舊識的恩琪雅親切地打了招呼。莎琳向他介紹了其餘三人，他帶著微笑伸手一一與他們相握。

彷彿與他相關的事物皆是自然和諧。如風的氣息，似乎只要見他一面便能感覺，這不是個尋常的人物。

他，是風之使者。

風之使者，歐錫德。

入座前，似乎早已識得索羅多，但兩人只是互相一點頭作招呼。

歐錫德在莎琳身旁坐下後，法蓉也在長桌正前方的位子坐定。

「那麼，關於廣場上索羅多先生所言之事，彼瑟先生和海薇兒小姐有什麼要說明的嗎？」

一樣是沉穩從容，環視了眾人一圈後，法蓉的目光停留在兩兄妹身上。

「我必須說，在來這裡之前，我們完全不知道有這個世界的存在。」彼瑟沉著地說道，似乎在方才行走之中已整理了思緒。「我們的公爵，也就是家族裡最後一位長輩，只留給我們一封信，告訴我們如果要尋找家族長久以來藏匿的遺物，就要到信上所指的地點——我們家族的古莊園遺址。」

「他除了告訴我們這些，還說了，前往莊園，就可以探索一個不被世人所知，古老虛幻但真切存在的祕境。」海薇兒接口，「我想他指的就是天羽，而他要我們挖掘遺物，其實是要我們到這個世界探索。但他什麼都沒說，更沒要我們做挖掘遺物之外的任何事情。我相信他就是那位天羽女子的丈夫，可是他直到臨終前都沒提過有關天羽的隻字片語。」

「我想公爵他是真的心念著天羽，心念著他妻子成長的世界。但這個心念不帶任何惡意，他純粹只是想探索妻子的世界，而自己無法做到，只好引導我們來完成他的心願。」彼瑟再說道，「而我和小海直到掉進了一個洞穴，來到了這裡，才知道有這個雲端的世界存在，才知道這裡叫做『天羽』。」

輕咳了一聲，索羅多銳利的眼神望了過來。

「所以兩位是在說你們什麼都不知道？但你們有任何具體證據可以證明你們是完全不知情，或證明那位公爵什麼都沒指使你們嗎？」

「沒有。」彼瑟面對那如獵食之鷹的眼神，仍是以平穩的語氣回答，但眼裡閃過一抹懊惱，「那封公爵的親筆信應該是掉在莊園了。」

「索羅多先生，」莎琳輕聲開口，「我長期研究地面世界，我有許多這幾年的記錄資料可以告訴您，那位公爵從未有任何危害天羽的想法、行為；相反地，他的確始終替他所愛的妻子保守天羽的秘密，直到臨終前仍未真正透露過這個世界。」

在這幾天的對峙、商談、及周旋中，莎琳從未真正疾言厲色，但她那輕緩的話語總是有種特殊的凝人氣勢。

「我想莎琳小姐所擁有的資料，的確可以作為兩位地面人所言為真的證明之一。」一向習慣先靜聽眾人發言的法蓉開口，眼神由莎琳移向了旁邊的歐錫德。

「歐錫德先生此次前來，有一些對這件事的了解要讓各位知道。」

她向歐錫德微點了一下頭示意，歐錫德便抬首望著眾人，侃侃而述。

「這幾年我旅行各地，無意中得到了許多珍貴的資訊——當然，有一大部分是關於地面人的。」溫和的語氣，但他的眸中閃著自信的光芒，「當年到地面世界的女子名叫溫可娜。現在在天羽記錄裡已經找不到她的名字，因為自從她私自到地面世界後，就被家族的人視為恥辱，而在族譜中去除了她。」

停頓了一下，歐錫德的神情含著一絲欽佩。

「但溫可娜是真的因為對地面世界有濃厚興趣而前往。從小聽長輩講述百年前地面人如何殘暴地橫行天羽，她卻總認為地面人不像一般天羽人以為的那麼陰暗、那麼暴虐無道——至少不是所有地面人都這樣。她是個極端聰穎的女子，想了越多，就越想親自去了解地面世界，了解地面人，於是她開始積極尋找前往地面世界的方法。

「查了很多古資料，走了很多地方，她終於發現一處可以通往地面世界的次元通道——也許就是你們來到天羽的同一個出入口。」

他望了望彼瑟及海薇兒，眸中的溫暖使他們不再那麼緊繃。

「於是，她留了一封信，便獨自前往地面世界。在那裡，她發現地面人果然不像在天羽所聽聞的都是不好，她認識了許多真心待她的人，並和其中一名男子相戀，繼而共結婚姻。她從此便定居在地面世界。」

無畏地直視對面索羅多陰沉銳利的眼神，歐錫德繼續往下說。

「但他們當時並不知道，天羽人到地面世界待了過長的時間後，身體機能就會開始逐漸退化，直到完全失去功能——其實在我查到這個訊息前，天羽應該還是沒人知道這樣的情形。」

聽到這裡，彼瑟微凝眉，眸中盛著嘆懷；海薇兒輕囓著脣，緩緩搖頭，似乎已略知曉歐錫德接下來會說什麼。

「所以，儘管他們非常相愛，溫可娜仍是過了幾年就去世。她的丈夫獨自扶養他們的孩子長大，並看著他們再繁衍下一代，不久就成了一個人數眾多的家族。」歐錫德說到這裡，輕輕一嘆，「但因為子孫們都擁有天羽血統，雖然不至於像完全的天羽人那樣待不長，但仍然都早早就去世。最後只剩下溫可娜的丈夫，以及最後一代的兩名子孫。

「彼瑟先生及海薇兒小姐依然擁有天羽血統，雖然已經極少，但仍然會受到影響。溫可娜的丈夫直到病重時，才知道了這個造成他子孫凋零的秘密，他便下定決心，絕對不要讓最後兩名子孫再步上他們的後塵。」

彼瑟和海薇兒都曉得接下來歐錫德會說什麼了。懷著感念及動容交織的複雜情緒，兄妹兩人不禁怔了。

「他答應過他的妻子，永遠不透露天羽世界給任何人。在臨終前，他想辦法暗中引導兩名後代到他妻子所提及的次元通道，讓他們能夠到達天羽，回到他妻子的故鄉。」

天羽眾人皆深陷在歐錫德所述的往事中，半晌無人言語；索羅多仍是那陰沉的面容，眼中微微射出一絲冷光；而掌控著全局的法蓉，看出歐錫德還有話說，亦是不語地望著他。

「我這裡恰巧有溫可娜當年留給天羽家人的親筆信，」沉默了一會兒，歐錫德再開口，「以及她丈夫臨終前給彼瑟先生及海薇兒小姐的指示信——它在你們穿越次元空間時掉在途中了。」

他的眼神飄向了彼瑟及海薇兒兄妹，淺淺一笑。

「這些再配合莎琳所查到的資料，便可證明我所言為真。」

默契十足地，他望了莎琳一眼，她便把資料都排放桌上，與他的並列。

法蓉拿起資料，一一仔細閱讀，謹慎地如同她處理的每一件事。

其餘眾人皆靜默。歐錫德明澈的深藍色眸子始終與索羅多的暗沉灰眸悄然交鋒，歐錫德從容自適，而索羅多陰沉的目光中如渲染般暈出漸次濃厚的憤恨及怨怒。

半晌，法蓉抬起頭，鄭重地放下資料，目光先在索羅多面上轉了一回，接著又落到天羽一行人身上。

「這些資料完全符合歐錫德先生之言。」她一頷首，語氣是肯定及不容置疑。「所以，這就是我的決議。」

她的眼神輪流在眾人身上停留，亦不刻意迴避索羅多的目光。

「最終契約，仍是繼續舉行。」

＊＊＊

「經由歐錫德先生帶來的訊息，以及這些資料，可以證明兩位地面人所說的是事實。因此，我們仍是執行最終契約。」

一樣是從容不迫，法蓉向全月翼人敘述了所有今昔之事，包括歐錫德的到來以及地面人身分的真實情形。

月翼眾人皆靜聽，沒有人質疑。他們相信他們首領所說的任何話，尤其是法蓉這位處事嚴謹且判斷明確的領導人物。

沒有人注意到，法蓉曾悄悄給了蜜兒一個眼神；也沒有人注意到，蜜兒曾短暫離開；而除了法蓉外，更沒有人注意到，索羅多眼中逐漸升騰的陰鬱。

一切就緒，最終儀式便開始進行。

拿著天羽信物的彼瑟，以及手持月翼信物——同樣是一綑精緻卷軸——的蜜兒，各自走上前一步互換。

信物交到對方手中的同時，第一階段的最終儀式已經完成。

廣場另一端的索羅多和他的黑馬騎隊悄悄地往前挪了幾許。

交換完信物，彼瑟退回天羽行列，輕拍了妹妹一下。因著忐忑而微微顫抖的海薇兒，堅決地踏向前一步，偏過頭接觸到天羽其餘五人鼓勵的目光，她的心才稍稍安定下來。

而蜜兒退回到法蓉身旁，無聲地與她交換了一個眼神。法蓉望了望廣場對面，眼裡沉著地閃過一抹精光，彷彿洞悉了什麼。

沒有多餘的言語，她向前踏了一步，正好立於廣場正中央。

「月翼族和天羽族之約既定，月翼族即永無法對天羽族進行任何侵略及破壞和平之行動，亦永遠無法傷害穩固天羽之基礎、建立天羽之基力。」法蓉朗聲念，面容是真摯地期許著。「此最終儀式，由月翼第一千七百九十任首領法蓉宣示，契約成立。」

即使專注地念著宣示內容，法蓉眼角餘光仍不忘注意著廣場對面，那蠢蠢欲動的氣息。

她稍稍後退了一步，讓出空間給隨後宣示的天羽代表海薇兒，但也僅僅後退了一小步，仍讓整個廣場在她的掌控之中。

望了望法蓉專注嚴謹的眼神，海薇兒在心中暗暗佩服。她，的確是一位前所未有的領導人物，不管進行著什麼事，她都不忘留意著周遭的狀況，所有情形皆在她的掌控中。

黑馬騎士們又悄悄地向前挪動。

法蓉的暗紫色眸子一閃，向廣場邊緣的蜜兒又做了一個暗示。

廣場中央，海薇兒定了定心，開始宣示。

「天羽族與月翼族之約一訂，月翼族即永遠無法進行任何攻擊、征戰、伐掠等一切破壞天羽安和之行動。」

緩緩舒了口氣，似乎至目前為止的順利安穩了她的心，她終於完全抬起頭正視著廣場眾人，準備再接下去的宣示詞。

「天羽將永不瓦解，永不──」

一柄黝黑長劍倏地刺向她的面前。

空氣瞬間凝結，彷彿周遭景物皆在頃刻冰封，凜冽的低壓氛圍令海薇兒僵在當場，無法動彈，更無法作出任何防衛。

清脆的鏘一聲，黑劍瞬間落地，伴隨一抹黑騎裝的人影倒地。

距離海薇兒只有幾步的法蓉反應極快地一把將她拉開，同時在電光石火之際抽出隨身佩帶的紫鑲劍，劍勢浩然地攪動了騰騰氣息，一揮之下，打落了攻擊的黑劍。

而倒地的黑馬騎士，則是天羽諸人中有佩劍的莫倫和恩琪雅聯合出劍的結果。

莎琳和歐錫德走上前，一左一右地護住了彼瑟及海薇兒。感覺到莎琳溫柔的手輕按在肩頭，海薇兒甫冰凍的思緒才又重新開始運作。

原本在廣場對面的黑馬騎隊不知何時已到了圍觀人群的最前方，索羅多面上的陰鬱在急速擴散。劍仍握在手，法蓉的眼神沉了下來，向著廣場邊緣蜜兒所在的位置迅速作了一個手勢。

圍觀人群的後方隱隱傳來整齊的腳步聲，伴隨些微煙塵揚起，再混雜著些許馬蹄聲。

而索羅多的隊伍已幾乎到達了法蓉面前。

只見法蓉沉著從容地一揮手，圍觀的月翼人群向兩旁散開，分出一條筆直寬闊的通道。

通道後赫然走出一隊壯盛整齊的月翼軍隊。

乍然望見這一支比己方還要龐大數倍的軍隊，索羅多目光一沉，似乎決定不顧一切，持劍猛然衝向天羽一行人。

但終究寡不敵眾，且整齊有素的月翼軍隊擁有在瞬間集結的凝聚力，在法蓉的一個手勢下，索羅多的黑馬騎隊尚未接近天羽諸人，便被月翼軍隊截住了去路。

失去理智的索羅多仍持劍硬闖，與月翼軍為首的將領數度交鋒，便連人帶劍地被擊落下馬。月翼軍隊迅速聚攏，將他們圍困在中央。其餘黑馬騎士眼見主帥落馬，也都放棄了抵抗。

圈子外頭，似乎在瞬間經歷這一連串過程的彼瑟及海薇兒仍僵於原地，兄妹兩人緊靠在一起，持劍的莫倫及恩琪雅立在兩人身前保護著。

莎琳的手仍握在海薇兒肩上，面色蒼白但堅定地望著前方人群，唯有手心微微透出的顫抖洩露了往昔傷痕的再次觸痛。

歐錫德移步到莎琳身旁，了解地輕輕把手覆在她的掌上。

莎琳回頭深望了他一眼，水藍色的眸中盛著淡淡的感謝。

等月翼軍隊完全包圍了黑馬騎隊後，法蓉在蜜兒及另一名女侍的隨同下走進了圈子，面容是嚴肅且沉著，隱隱透出一絲清冷。

索羅多在落馬後，已被兩名月翼兵士縛住雙手，強押在地上。月翼兵士取走了他的劍，以防止他再次的突擊。

他不掙扎、不抵抗，但眼中那仇恨的光芒較之前更甚。

法容直直走進圈子，停步在距索羅多數步之前。

「索羅多先生，」她的語氣含著自然而然的威勢，目光肅穆地直視他。「當初你們進入月翼所答應的條件，是絕不會傷害我境內的天羽人，以及地面人。我答應讓你們及天羽使者們都進谷地，只是初步地斟酌與哪一方合作於我月翼較為有利，尚未答應任何一方的要求。我選擇與天羽族行最終契約，原本並不代表與你們不能再進行任何合作，但如今你們違反了當初答應我的事，你們與我月翼族從此便再無任何瓜葛。」

法容字字鏗鏘，如炬的目光卻含有一抹若有所思，她再向前一步到了索羅多身前。

「即使你們再怎麼貫徹祖先的怨恨，當年的溫可娜小姐仍是不會再回來。三百年前的人與今人無法相提並論，她愛地面世界不是錯事，她愛上地面人也是注定的事。你的祖先，艾希夜先生，並不是不明白這些，他只是恨地面人使他所愛的女子永遠不可能愛上他。」

她幽幽的紫眸傳達著某種訊息，而索羅多原忿意橫生的眼中似乎有些空茫。

「艾希夜先生的仇恨是盲目的，甚至不是對地面人，而只是對他得不到的愛生成的恨。他到臨終前仍無法釋懷，所以沒有對他並不愛的妻子表達真實的感覺，而是抓住那盲目的恨，傳達給一代代子孫，要他們以三百年前受害人後代為名，對奪他所愛的地面人進行報復。」

法蓉的語氣平穩，但那深幽美眸中飄蕩著淡淡惆悵，似乎這些往事亦勾起了她心底的某種愁緒。

這些內幕，索羅多似乎並不知曉。

圈子外圍，仍持著劍的莫倫因初聽這段往事而怔住了。

也許，世上沒有真正決斷的「對」與「錯」，每一個選擇都可能牽扯出後續波蕩，但也冥冥之中存在著它的道理。

執著不是錯，堅持也不一定對。

只有環環相扣的抉擇，以及，注定。

每一個選擇，都會帶出下一個故事。

「你們，只是艾希夜先生因愛生恨所復仇的工具。他始終無法看清，以至於將盲目之恨綿延；這恨是盲目，因為，愛不是能夠以單一方意願而控制的東西。」

法蓉停頓了一下，正視著索羅多。

「你必須明白，這與你們是三百年前受害人子孫的身分無關，到了艾希夜先生的時代，他在乎的根本不是受害人與否。」

聽著法蓉的話語，莎琳及歐錫德先互望了一眼，接著皆給了她讚揚的眼神。

根據他們兩人找到的資訊，她解開了索羅多一支長久以來的仇恨之謎。

「索羅多先生，不論我們的想法是否相合，我敬你也是位能夠堅持自己理想的人。但很抱歉，只要是違反月翼首領規定的人，我必須請他離開月翼谷地。」

法蓉一個手勢，一名月翼兵士牽來了索羅多的黑馬，押著他的兩名兵士再看守著他上馬。

索羅多上了馬，仍是高挺的身影，但目光中的恨意已淡。今天羽諸人——尤其是莫倫——訝異的是，他甚至對法蓉萌生了一層前所未有的隱微敬意。

莫倫了解他的叔叔，他知道，索羅多從未聽從過任何人的指示，從未接受過任何人的意見，更是從未對任何人折服。

而如今，他已騎乘黑馬，領著他的隊伍緩緩出谷。

不再回頭。索羅多明白，法蓉的寬待。

違反了月翼首領之規，按照以往的慣例，應可以就地扣押，甚至就地處決。

但法蓉沒有。她要他了解所謂的盲目，然後，重新開始。

重新開始。所以他們毫髮無傷，是法蓉讓他們毫髮無傷地離開。

因為，這是法蓉所希冀。

「謝謝。」

望著索羅多一行人緩緩出了谷地，漸消逝在遠方漫塵，海薇兒輕輕開口向法蓉道謝。

法蓉只是淡淡一笑，望了望那張相似的容顏，不知何時，她已跨越了心障。

「不用謝我。」她輕聲說，「是歐錫德先生和莎琳小姐的資料，讓我能夠把這些以往聽聞的事拼湊在一起；是你們全部人的勇氣，讓我決定站在你們這一邊，徹底查出所有事情的始末；是你們的堅定信念，使我產生了戰勝自己、克服心中障礙的決心。」

她別有深意地看了海薇兒一下，接著轉向歐錫德。

「我倒是要謝謝歐錫德先生專程帶來消息。」

歐錫德淺笑著搖了搖頭，望著法蓉，忽然又正色了。

「法蓉大人，我這裡還有另一個消息。」他專注地望著法蓉，似乎這件事對她攸關重大。

「我在來的路上，遇見葛夫先生了。」

法蓉原本平靜的眼神，在聽到這句話的瞬間起了波瀾，微微顫抖的手透露出了內心的激動。

無意識地，她緊緊、緊緊地握住了身旁蜜兒的手。

§ Chapter 10 · 尋跡 §

「葛夫先生說，他的旅程就快結束，很快就會回來了。」

歐錫德望著法蓉，字字清晰地說。

「他承諾，您的等待不會白費。回來後，會補償他不在的這三年，」歐錫德停頓了一下，眼神澄透專注，「以他的全心。」

法蓉面色蒼白，深吸了幾口氣，似乎正壓抑著激動的情緒。望見她微微閃著晶光的雙眸，一旁的蜜兒完全能了解她的心情，緊緊地反握住她的手。

其餘天羽諸人在這幾天與法蓉的相處之下，知曉她心底的傷及等待的煎熬，聽到了這個消息都為她深深喜悅。尤其是曾親自目睹法蓉之痛的海薇兒，激動的程度只比法蓉少一些些。

深呼吸了幾下，稍稍穩定了情緒，法蓉才再看向歐錫德，那暗紫色的眸中透著一種嶄新的、希望的光芒。

「謝謝你，歐錫德先生。」

不愧是沉穩從容的月翼首領，她的激動已隱褪在心底深處，展現在美麗面容上的是一抹清逸的微笑，以及掩不住的光彩。

「謝謝你，也謝謝你們。」她的言語誠懇而真切，目光在眾人面上轉了一圈。「我不放棄，原來是正確的；等待，原來不是沒有結果。」

望著歐錫德的誠摯、莎琳的溫柔、海薇兒的貼心、莫倫的懇切、彼瑟的堅定、恩琪雅的關心，以及始終陪著自己度過許多黯淡長夜的蜜兒，她的一絲清冷消退，心底悄悄注入了久未曾有的溫暖。

久未曾有的，來自心與心的溫暖。

她彷彿攫到了一抹虹，過去的自己終於跟現在的自己再度相連起來。

「只要真心存在，希望就會存在。」

＊　＊　＊

清風吹拂，蔚藍晴空襯著如絮般飄飄冉冉的雲靄，彷彿所有憂愁煩擾皆煙消雲散，餘下的是明淨澄透的晴空。

一樣的月翼廣場，一樣的圍觀人群，一樣的天羽月翼，一樣的最終契約。但在風波過後，似乎每個人心中的塵埃都隨著阻撓離開而遠去，以一種新的心境面對這場延宕已久的儀式。

佇立廣場中央的海薇兒環顧了四周，黑髮輕輕隨風飄揚，臉上帶著略為靦腆的微笑，但眼神是不容置疑的誠懇堅定。經歷了幾乎威脅到生命的駭浪，第二次站在眾人中間，她的膽怯已減卻許多，而信心更顯彌堅。

這是為天羽的宣示，為伊瑟諾安的宣示，為守護純淨的宣示，也是，為她自己的宣示。

她微笑著望了望天羽諸友、法蓉和蜜兒，決心閃爍在眼眸中。

「天羽族與月翼族之約一訂，月翼族即永遠無法進行任何攻擊、征戰、伐掠等一切破壞天羽安和之行動。」

專注地念著宣示詞，平穩的語氣中含著深深的希冀。

「天羽將永不瓦解，永不遭任何形式、任何力量之傷害，天羽永存一如純潔永存，安和永存一如美善永存。以天羽第三千六百七十三任統領者伊瑟諾安為名，由天羽使者海薇兒宣示，契約成立。」

宣示完畢，她退回到天羽諸人身邊，寶藍色的明眸與前方法蓉的暗紫雙瞳一對上，視線的交流是真摯且懇切。

她們彼此都明白，天羽、月翼今後不會再有爭戰了。

法蓉向前一步，一陣微風拂過，柔順髮絲隨風飄揚，她伸手輕攏了攏，若有所思地沉默了一陣，而後抬首，瑩瑩目光輪流投向天羽族每一個人。

「堅定地相信，深切地希望，是天羽的基本精神吧？」

柔和的風中，淺淺的微笑泛於脣畔，久久不褪。

「我想，這也會是月翼今後的中心信念。」

最終契約終於順利完成，天羽眾人回到了他們的帳中歇息。

「總算，完成這項任務了。」

六人各自找了地方坐下，正從行囊中拿出一只玻璃小壺的恩琪雅感嘆地說道。

「即使遭遇了很多事，我仍要說，來這趟任務是值得的。」望了望大家，彼瑟發自內心地說著。

「很多事，不親身經歷，是完全無法體會。」頷首贊同的莫倫接口，伴隨一抹若有所思。

「謝謝你們。謝謝大家。」正以隨身攜帶的小包煮花茶的莎琳輕聲開口，「三年前延續下來的事，終於能夠圓滿。」

她專注地把小壺放上爐子，掩飾住眼中複雜的情緒。

靜默了一會兒，帳中人皆陷入自己的思緒，唯有漸漸溢出的馨香瀰漫室內。

「歐錫德……關於我和彼瑟的祖先，你還知道些什麼嗎？」

沉思了半晌，始終欲言又止的海薇兒略為遲疑地問道。聽到她的問題，一旁的彼瑟也不禁坐直了身子。

「其實有關這些事情都是我不久前才知道的。」思索了一會兒，歐錫德續道：「我在無意中得到了一些資料，發現上面記載的都是我從未聽聞、或與大家所知差距很大的事情，我才決定要進一步探聽調查這件事。至於聽到的那些是在一個古老小鎮問到的，告訴我的人也是輾轉聽別人轉述，但都跟我所找到的資料相合就是了。」他想了一想，再補充：「那個小鎮其實離這裡不遠，我就是在那裡聽到一些訊息，跟我的資料整合後，才打算趕來這裡告訴你們。」

「所以說，還是有人知道這件事囉？還是可能有，和我們天羽祖先有直接或間接關係的人囉？」彼瑟專注地聽著歐錫德的話，微蹙眉地問道。

「我相信，是的。」歐錫德亦是專注地回答，「所謂的秘密是什麼呢？只不過是暫時被掩蓋起來的往事罷了。不管再怎麼湮滅證據，曾經發生的就是發生了，那是怎樣都改變不了的事實；塵土再厚，底下的遺跡還是有被挖掘出來的一天。」

彼瑟及海薇兒聽著他的話，都不自禁地連連頷首。

「歐錫德，你的意思是說，當年的事不是完整，還有再調查的可能？」恩琪雅聽出了歐錫德話中的玄機，望著他問道。

「我還是要說，我相信，是的。」歐錫德即使說著模稜兩可的語句，臉上那淡淡的笑及眸中的溫暖依然不變，「尚未確定的事，都不是結束。」

淡淡馨香飄蕩帳內，爐上的花茶正散著陣陣沁人心脾的香氣。

莎琳含笑著起身，取下已煮好的花茶小壺。海薇兒跟著起身，幫她排放好六個茶杯。

靜靜地望著莎琳試了試溫度，優雅地一杯杯倒茶，海薇兒像想到什麼似地回頭望了望莫倫，再望向歐錫德。

「莫倫……你說過你曾聽過有關的事，就是索羅多說的那些吧？」看著莫倫點頭，她再續道：「那麼，如果你在很久前就聽過，不管是索羅多或誰說的，總是有其他的人也知道，就算不全正確，或只了解一些些，這件事還是不算完全被埋沒。」

接過莎琳倒好的花茶，海薇兒一一分給大家，但同時思緒仍不停止。

「歐錫德，如果說……再繼續查下去呢？如果，再依循可能的途徑繼續尋找可能的資訊呢？」

「沒有什麼事是不可能的，特別是尚未完全的事。這是我的回答。」

喝了口溫茶，歐錫德正色，深邃的眸子望著兩兄妹。

「你們願意去尋找嗎？我知道到哪裡還能找到一些當時的東西，或許能夠告訴我們一些尚未被發覺的事；或者，遇到某些掌握這些東西的人。」

「我願意去。我想了解所有有關天羽祖先的一切。」海薇兒毫不遲疑地說，眸中露出了與面對最終契約時相同的堅決光芒。

「我很想，可是……諾斯城那邊……」彼瑟欲言又止，即使內心想望也很深切，但他始終是顧慮較多的那一人。

「不用擔心，我會送個訊息回去給麥格斯，讓他知道現在的狀況。」輕輕啜了口茶，莎琳以一貫輕柔的語氣說著，「知道你們是要去尋找和身世有關的事物，他會很樂意的。」

「那麼我們……去囉？」海薇兒說著，望了望彼瑟。

彼瑟點頭。

「莎琳果然沒有錯看你們，在第一天的時候。」歐錫德看著他們，神情中有著讚許。「勇於追尋，不論結果是什麼，都是能夠面對的堅強表現。即使是赤裸裸的真實，那又如何？幻夢是不會永遠持續的。」

唇畔微微含笑地望了望兩兄妹，再望著歐錫德，莎琳的目光是溫柔。

「我也去。」她溫言道，眸光閃耀。

歐錫德亦是含笑著點頭，再以詢問的目光望向恩琪雅和莫倫。

「當然。」恩琪雅簡短地說道，莫倫也在同時點頭。

六人互相望了彼此，皆漾出了會心的微笑。

而室內，馨暖的茶香持續飄蕩。

＊　＊　＊

沁涼如水的夜，將整個谷地都罩上了一層清爽的薄紗，白天的喧囂經夜色的洗滌，沖走了浮躁的表層，而餘下了舒適的寧靜。

谷地中央的大圓帳內，緩緩流出了如春櫻般淡而不膩的幽香。

天羽六人在法蓉的邀請下，一齊聚到她的帳內。法蓉和蜜兒準備了六個精緻小巧的杯子，裡面是類似莎琳所煮花茶般飄著淡香的茶類飲品。

「請坐。」見到他們進來，法蓉面上掛著淡雅的微笑，起身迎他們入內，「這是月翼這裡特有的翠藤草茶，喝喝看吧。」

在蜜兒安置好的六張絨布椅坐下後，六人皆端起茶杯，有的先小啜一口，有的已被幽香吸引而就著微溫大飲了一口。

「好特別的甘甜滋味！」海薇兒小喝了一口後忍不住讚道。

「淡而不顯無味，香而不覺膩感，這真的是好茶。」平時常接觸許多不同花草茶的莎琳亦是稱讚。

淡淡幽香沁入心扉，其餘諸人亦是讚不絕口。

法蓉輕輕一笑，坐回原本的座椅上。

「這只有月翼這裡有，別的地方找不到的，所以想讓你們品嘗看看。」

「法蓉大人，謝謝。」彼瑟對於現在的法蓉已有著親切感，不似之前針鋒相對時那般清冷淡漠。

「我想，天羽和月翼的對立應該是結束了吧？」法蓉略想了一想，這麼說。

「這是當然，我相信天羽和月翼今後能夠維持著友誼關係。」莫倫誠懇地回答道。

「既是友誼關係，那麼請直接叫我法蓉，敬稱也都省去吧。」

法蓉望了望他們，眸中是真摯的光芒。天羽六人明白，這句話的實質意義大於字面上的意思。如同手中的幽香花草茶，這是法蓉的一片誠意。

「謝謝妳，法蓉。」

莎琳輕柔的語氣伴隨脣畔婉約的微笑，傳達著接受天羽、月翼的友好橋樑，以及，她本身的感謝和心意。

相信其餘五人亦是和她有相同的想法。

「那麼，你們接下來打算怎麼樣呢？」啜了一口茶，法蓉問起了他們接下來的計畫。

歐錫德向她說起了他問到訊息的地方、追尋遺缺往事的可能，以及彼瑟和海薇兒尋找的意願。

「從這裡向東，有一個叫瀰海的大湖，環繞湖岸有幾個小村落都很古老，說不定會有你們需要的資訊或知道往事的人。沿著湖東岸一直走就會到歐錫德所提的小鎮，這個路線應該會比你之前所走的山路來得近。」法蓉詳盡地跟他們說明附近的地點，「過了小鎮再往東就會遇到喀特山，我記得曾經聽過有關這件事時，地點是在喀特山。」

歐錫德專注地邊聽邊記下路線，在聽到喀特山時抬起頭來。

「喀特山……」他喃喃說著，邊細細思索，「所以這就是資料始終很難查到的原因了，當年他們根本是住在山裡，或者，把可得的資料都埋藏在山中。」

他邊說著，轉頭望向莎琳，莎琳眼中閃過一絲光芒，向歐錫德輕點頭。

「這個家族的事本來就很隱密，」法蓉亦是頷首，「就連在附近的我們都很少聽到有關他們的事，現在還有沒有後裔也不清楚。」

「沒關係，知道喀特山已經是很有幫助的目標了，我之前了解的都是一些零碎的小地點，現在有了大目標就容易多了。」歐錫德說道。

「但現在的喀特山已經人煙稀少，還有沒有人住在山上我也不清楚，所以要進入那裡還是必須小心。」

法蓉以月翼首領的一貫謹慎提醒他們，她說到這裡停頓了一下，似乎正思考著什麼。

「我忽然想起來，有個東西或許對你們有幫助。」

她轉頭吩咐了蜜兒幾句話，蜜兒走到帳後，打開了一個長櫃子。

「幾年前我曾經到喀特山山腳那一帶，撿到了一個我覺得可能有特殊意義的東西，我不知道那是什麼，但還是把它帶回來，總覺得未來可能會有用處。」

她說著，接過蜜兒遞來的一個木盒，盒上完全原木沒有任何花紋，卻似乎磨得很光滑。法蓉打開了盒蓋，取出裡面以一層白棉布包裹的東西，展開包裝的布，露出一個青綠色的鐲子。

天羽六人皆湊近了看，那鐲子遠看只是一片似玉般的青綠，但靠近看便可發現上面刻著許多精緻的花紋，正面最中央鑲著一個鏤金薄片，上面有個繁複的圖案，似乎是族徽家徽之類的。

「因為是在那裡拾到的，剛才一想覺得可能會和你們所要查的事情有關，也許就是那個家族的也不一定。我只是有很強烈的感覺，它不是一般的東西，應該有什麼代表意義。」

法蓉邊說著，邊端詳著那鐫刻繁複的圖徽。

「月翼族近年來很少再到那一帶，所以這就給你們，或許能找到什麼關連處。」纖長的手指細細地又把它包回原來的樣子，法蓉把盒子交給了離她最近的海薇兒。

海薇兒接過盒子，道了謝，小心地捧在手裡。

「天羽和月翼距離遙遠，如果不趕時間，歡迎你們多留幾天。」法蓉誠摯地說著，暗紫眸中有著一絲歉然，「我知道有些事發生了就無法再改變，但有些事，我衷心希望能重新開始。」

「可以的。」

莎琳望著她，眸中是了解與包容，她深切的信念始終能觸動人心。

「可以的。因為我們大家，都有真心。」

＊＊＊

在法蓉的邀請及挽留之下，天羽諸人又在月翼多留了許多天。他們發現月翼谷地本身即是一個值得探索的豐藏之地，舉凡自然景觀、地形、礦藏，乃至人文遺跡、古物、文獻，月翼都是一個藏量極豐的地方。跟法蓉和蜜兒熟了之後，他們的足跡幾乎踏遍整個谷地，發現了好多前所未見的新奇事物。

那些珍寶深深吸引了他們，也幾乎讓他們忘了還有接下來的計畫。但精采歸精采，他們總還是必須動身，以完成尋覓探索的目標。

「所以，這幾天真的謝謝妳，法蓉。」臨離開前，恩琪雅向法蓉這麼說，也代表了天羽所有人的感謝。

「別這麼說，這是我應該做的，只是盡地主之誼。」法蓉淺淺一笑，表示這不算什麼。她偏過頭，看了蜜兒一下。

蜜兒隨即送上幾包精細包裝的小袋，每一包皆用細繩略為綑住。

「這是你們那天喝的翠藤草茶，因為別的地方就找不到了，所以準備了一些給你們帶回去。」

法蓉望了望小包，向他們說明。

「謝謝妳，真的。」海薇兒伸手接過，微微幽香蘊藏的是法蓉的一番心意。

「上喀特山的路不是很好走，也許可以稍微繞道會比較容易。」細心謹慎的她仍是殷殷囑咐，「你們一路小心。」

「我們會的。有消息，會送信讓妳知道。」歐錫德說著，望了大家一下，「那我們這就走了。」

法蓉點點頭，和蜜兒仍佇立谷口送他們離開。

望著她那抹淡但深藏溫暖的笑，海薇兒不禁回想著這許多天的許多事，以及與法蓉間從敵對到相熟。

踏出離開的第一步前，她忍不住上前，給了法蓉一個深深的擁抱。

第二部

追尋

§Chapter 11・謎夢§

漫天飛雪飄蕩。

偌大的湖面已結了一層冰霜，隨著潔白雪片輕輕飄落，在微微晶瑩的光澤上又點綴了一絲如棉絮似糖霜的飄墜。

飛雪漸狂，白霧漸濃，湖面上冰層漸厚，舉目所即已是茫茫朦朧不見一物，伸手所觸皆為寒徹冰晶入掌即化。

就在一片潔白縹緲中，傳出一陣輕而悠揚的歌聲。

我曾經的摯愛的人們呀
在那古老的遺忘的歲月中
心靈曾讚揚　夢境曾稱頌
在那迷濛的美麗的時光中
往事曾歌唱　我們曾歌誦

一抹似隱若現的身影漫舞在雪中，在冰凍了的湖面上。步伐時迅時緩，忽似急旋，忽若漫步，既似飄霧，又若凝雪；偶然碧色衣裙在空中一迴轉，捲起一籠皓白，緩緩紛落，彷彿唯美詩篇中作點綴的優雅修飾詞。

碧色身影漫舞，而輕盈如天籟的歌聲仍持續。

我曾經的摯愛的人們呀
純淨的追尋是折翼的翱翔
天際飛揚中白羽幾許
乘風的乘風的僅只一羽
微風僅只一翼　而塵埃漫襲
矇蔽的矇蔽的心

我曾經的摯愛的人們呀
雙門已敞　微風又起
失落的遺忘的古老歲月
昏幽的盲目的漫長黯夜
微風再起　飛揚展翼
回溯美麗的純淨的時光裡

我曾經的摯愛的人們呀
我們再次歌唱

大雪漫飛，逐漸隱蔽了那抹漫舞的身影，最終只隱約可見碧色光芒偶然閃過迷霧。
但那雙慧黠又哀傷的眼眸，卻彷彿越發清晰。

＊＊＊

——我曾經的摯愛的人們呀，我們再次歌唱……

坐起身，海薇兒耳中還是那輕靈悠揚的歌聲。

輕悄地出了營帳，她凝望著眼前廣闊綿恆的大草原。清晨的晨露鑲在每一株茵綠的尖端，彷彿顆顆略帶綠影的水晶，點綴在一大片柔軟的翠毯，溫暖晨曦的覆蓋下，閃著剔透的光芒。

望著眼前遼闊的翠原，海薇兒腦海中卻仍是那一片雪景、霜結冰凍的大湖、朦朧中的碧色身影、以及那一席悠揚的天籟之聲。

她更沒忽略，那首婉轉動人，似含著淡淡哀悽，卻又充滿希望的歌。

隱隱覺得，那歌詞似乎有某種涵義，某種綿亙已久的意義，而且，能夠牽動她的心。

回想那雪中漫舞的身影，不知為何，一股淡淡的心痛便襲上她心頭。

「海薇兒，怎麼這麼早就起來了？」

背後一個溫潤的嗓音傳來，將海薇兒從夢境遨遊中牽引回來，她收回了迷惑的思緒，微笑著轉頭。

「不想老是讓你當第一呀。」海薇兒望著以往都是第一個起床的莫倫，以俏皮的回答掩飾了恍惚的心神。

「我就是會這個時候醒來，無論前一晚多晚睡都一樣，我也沒辦法。」無奈地一笑，莫倫向前一步與海薇兒並肩而立，「怎麼了？有什麼事讓妳煩惱嗎？」

聽到他充滿關心的話語以及體貼地發現自己若有所思的心緒，海薇兒心中悄悄地一暖。

「也沒什麼事……只不過剛才作了一個滿特殊的夢，所以忍不住回想。」她不願對莫倫隱瞞，語氣輕緩地這麼說。

「有些時候，夢就只是夢，純粹將我們平常所想的加以重組，以天馬行空的方式重現；但有些時候，夢境是會傳達某些訊息的。」看出她正猶豫著該不該透露，莫倫輕聲說道，眸中是溫和的了解。「但也不要過度去想它，如果對這個夢有所共鳴，那麼，先順其自然地靜候，它必然會將它所要傳達的帶到妳面前。」

「謝謝。知道了我自己與天羽有淵源，也許，之後的一切都會不一樣。」

有些感激莫倫並沒有追問，因為，對於那莫名但奇異的感覺，她還不知道該如何形容出口。

啟程尋找身世的第二個早晨就這麼開始。

等到大家都起床梳洗完畢，收了營帳後，便繼續踏上前行的路程。歐錫德和莎琳領頭在前，其餘四人並騎於後方，在廣大草原上奔馳。

初升起的晨曦柔柔暖暖，映照在六人身上，彷彿在他們心中注入了溫暖的能量。

「天羽這邊……會下雪嗎？」

沒有特意問誰，只是環視周圍的蒼翠綠意，海薇兒忽然湧現了這個疑問。

「會呀，就像你們地面世界的中高緯度地區一樣，這裡到冬天時也會下雪──這兒跟地面世界一樣有四季變化的。」騎在前方的莎琳回頭說，唇畔依然掛著她一貫的溫暖微笑，「我們待會到的瀰海，在冬天時就會結冰，景色也不輸你們那兒唷。」

聽著莎琳的回答，海薇兒輕點著頭，眼神定定望著前方，似乎正思考著什麼。

「天羽的景色勝過我們那裡，下了雪一定更美了。」彼瑟想像著，讚道。

「我是很喜歡這裡的雪景，不過，有時下大雪可就麻煩囉。」恩琪雅笑著說，「雖然大雪紛飛也是挺美的。」

大雪？

聽到恩琪雅的話，海薇兒不禁又陷入那夢境思緒，腦海中浮現著那大雪紛飛的冰凍之湖。

在自己的思緒中徘蕩，等她再度回過神時，已經到了一個截然不同的景緻。

「這就是瀰海，天羽最大的湖泊。」歐錫德向大家介紹。

眼前是一個望不見對岸的大湖，湖面如同近海處有著微微的波瀾，由湖中央漸漸向前推移，在晨陽的掩映之下似若陣陣晶瑩的縐紗。湖水是清澄的碧藍，由近而遙層層深淺不同，近岸處鑲嵌著一環碧綠，彷彿替湛藍寶石飾了一圈完美的鑲邊。

凝視著如此瑰麗的瀰海，眾人皆陷在某種無語的憾動中，勒了馬停駐湖畔，靜靜地以心靈欣賞著美景。

同樣望著瀰海的海薇兒，眼前的景象卻跟腦中的那抹影像重疊了起來。

一個是盛夏，一個為隆冬，卻是……卻是相同的景物。

「啊……」她忍不住驚呼了一聲。

夢中結冰的大湖，就是現在眼前的這個瀰海。

「怎麼了，小海？」身旁的彼瑟被妹妹的驚呼聲嚇了一跳，轉過頭問了她。

「我……這裡……」海薇兒看看彼瑟，看看莫倫，又看看大家，腦中還在組織完整的語言，「我今天早上醒來前作了一個夢，一個……很特別的夢，夢中的場景就是這裡。」

她微微蹙眉，不知道該怎麼說才好。

「妳說，妳夢到這裡？」望了望海薇兒，歐錫德問道。

「嗯……不過夢裡是冬天，下著大雪，湖面還結了冰。」

忽略掉自己那莫名的奇異之感，海薇兒向大家描述了夢中所見之景，那抹漫舞的碧色身影，以及那優美動人的歌。不知為何，在夢中只聽了一次，歌詞卻已清晰地烙印在她腦海中。

「再次歌唱……」

莎琳喃喃覆誦著海薇兒所敘述的歌詞，美麗的藍眸含著一抹若有所思。

「純淨的追尋……折翼的翱翔……矇蔽的心……」她抬頭望望海薇兒，再望著大家，「我有種感覺，不知道是不是和小海妳一樣，這個夢、那個湖上的身影、以及她所唱的這首歌，都和我們這趟所要追尋的是相關的。」

「莎琳，妳是說……」恩琪雅似乎有些了解，卻又不是完全明白。

「只是我的感覺。那歌詞……我也覺得似乎是有關的，只是，目前我還無法解開那到底有著什麼樣的含意。」她望了望歐錫德，見他也是緩緩搖頭，便再繼續說：「但有時，光是感覺就能解釋很多東西了。」

聽著這句似曾相識的話，海薇兒知道，莎琳能了解她的感覺。

望著眼前續起縠紋的大湖，眾人皆靜默了一陣。

半晌，先回過神的歐錫德才轉過頭看向大家。

「如果，這裡和我們所要尋找的事情有關的話，或許我們應該探訪一下瀰海中央的湖中島。」他邊說著，用眼神徵詢大家的意見。

「湖中島？」海薇兒望了望廣闊但舉目所及皆水色波瀾的湖面，不太了解歐錫德所指為何。

「你是說……在這個大湖上有一個島？」彼瑟也不甚明白。

就連本身是天羽人，但從未到過這裡的莫倫亦是一臉困惑。

「瀰海很大，在任何一個岸邊都無法看見完整的湖，甚至連湖中央都看不到。」歐錫德說明，「湖中島不只位於湖上，而且正是位於湖的正中央。那是個算有點規模的小島，從很久以前就有人居住了，現在雖然人煙漸少，但還是有少數居民住在島上。許多以往的住民已經遷走，所以，我認為湖中島上或許留有一些以前的東西，值得去走一趟。」

聽著歐錫德的分析，眾人都不由自主地點頭同意。

「就算真的沒找到什麼，當是遊覽一下也好吧。」莎琳微微一笑，向湖心的方向瞥了一下，「湖中島算是天羽值得一遊的景觀喔。」

＊＊＊

搭上了湖邊的小船，六人向著瀰海中央前進。

「這船……都不用付錢嗎？」海薇兒疑惑地四處望望，沒看到什麼人，發現船已經開動，她再驚訝地抬頭：「……歐錫德，你會開船？」

「歐錫德已經習慣在四處遊歷很久了，沒什麼難得倒他的。」莎琳笑著替歐錫德回答。

歐錫德只是回頭笑了笑，繼續專注地開船。

陣陣波濤輕擊著船身，從連綴的皺褶狀到散落的碎浪狀，臨船處成了白色的泡沫佚散。波浪只比海浪稍小，有種真的在海上航行的錯覺。

「這湖岸，好像真的有不少古老的小鎮村莊。」望著漸行漸小的瀰海岸邊，彼瑟想起法蓉的話，這麼說道。

「瀰海這一帶，是一個很古老的區域了。早在月翼族定居谷地之前，這一帶就都有人住，而且為數還不少喲。」身旁的恩琪雅回答。

「這裡的景色真的不錯。」海薇兒迎著隨船行而陣陣拂來的清風，眼望四方地讚道。

「我也沒來過這一帶，不過聽說這裡很美，一直很想來，現在終於能親自造訪。」莫倫微笑著說。

「咦？那個，就是湖中島嗎？」

海薇兒手指著前方，在一片碧波中，隱隱現出了一個隆起的島狀地形。

「沒錯，那就是我們要去的地方。」莎琳回答，她望了望前方，「除了景色優美，其實，現在的湖中島已經沒落了。」

隨著船行向前，之前還渺小的景物已經漸漸清晰在眼前，若回頭一望，會發現湖岸已經離得很遠很遠了。

逐漸地，小船已經靠近湖中島。現在他們可以清楚地看到，在碧波萬頃中彷彿遺世獨立的清幽小島。湖中島的景觀的確很特別，在靠近他們的一岸是以不同顏色層次的岩石構成，各個大小岩石都呈現千奇百怪的不同形狀，卻又奇妙地能互相融合形成厚重的岩岸地形；而現在僅能略為窺見的島嶼另外半邊，則是呈現金黃的柔軟沙岸，在陽光照耀下閃著耀眼的光芒。

岩岸的中間處有個小港口，停泊著些許中小型船隻，歐錫德駛著他們的小船也緩緩停靠於此。

「歡迎來到湖中島。」

下船時，歐錫德帶著笑容向大家說道。

六人下了船，站在港邊時而眺望著廣闊湖面，時而轉向另一方向凝視著即將進入的湖中島景觀。港邊的風自湖上吹來，不像真正的海風那般強勁有力，清清涼涼拂面極為舒適。眾人以優美景緻為背景，佇立著享受清風沁心的滋味。

好一會兒，彼瑟才開口：「那我們現在是要去哪裡呢？」

歐錫德和莎琳不約而同互望了一下，歐錫德略沉吟了一會兒，才抬頭看向眾人。

「有個區域有滿多廢棄的屋子，都是前人住過又搬離開所遺留下的。我們就先去那兒看看吧！」

同樣地，對於熟悉這裡的歐錫德所言大家都贊同，便由他和莎琳領頭，六人向湖中島的內部前進。

穿過了岸邊的樹林，彷彿是隱蔽在內部的街道房屋便顯現在眼前。少許行人行走在狹小的道路上，四周的房子也都是古式的木建小屋，皆不超過兩層樓，且屋頂覆蓋著這裡特有的一種乾麥草，很多屋子看似已經許久沒有人居住。

走上了街道，歐錫德建議大家從第一間廢棄房屋起，一間一間探看。廢棄房屋是可以任人進入參觀的，不拆除掉也是為了保護這裡久遠的文化。

聽著歐錫德的話，六人走向了右側第一間廢棄的小屋。

木製的門由於久未保養使用，推開時發出咿呀呀的聲響。但步入室內，眾人有些驚訝地發覺室內並沒有想像中的塵埃遍佈，反而是清潔整齊。

「還住在島上的居民都會不定時進來清理廢棄的房屋，好讓來參觀的人不會弄得滿身塵灰。」歐錫德解釋著。

六人在老屋內繞了一陣，欣賞著牆上依然完好的表框畫作，翻揀著木抽屜內前屋主留下來已泛黃的舊式信紙。

「天羽人也用槍嗎？」望著牆上一幅繪著一支獵槍的圖畫，海薇兒有些詫異地問道，她來到天羽後從未見過這裡的人持槍枝。

彼瑟聽到妹妹的問話，也面露訝異地跟著望向海薇兒所指的那幅畫。

「不，天羽不製造那種東西的。」在兩兄妹身旁的莫倫回答，「那是見過三百年前的入侵者之後，天羽人才曉得有槍這種東西的存在。但即使我們能很快了解製造方法，我們也不會去生產，槍枝可造成的傷亡太大太大了。」

走近掛著畫的牆，他仔細地凝視著那幅槍枝圖畫。

「這大概就是在那個時代，見識過那場入侵的人所畫的。」

想像著三百年前的地面人對這裡所造成的傷害，而親眼見識可怕傷亡的天羽人，便絕不製造這一瞬間可致人於死的強大武器。如此對比，兩兄妹感嘆地緩緩搖頭。

在屋內四處繞過後，他們便回到街道上，向下一幢廢棄房屋前進。

如此參觀了七、八間老屋，只是如同第一間的掛畫及前屋主所留之細瑣小物。但六人仍是繼續進行，他們相信，一定能在這裡發現些什麼的。

彎向街道左側的一間草綠色房屋，走在前頭的海薇兒輕輕推開了虛掩的門。

映入眼簾的景象，讓她著實怔了一下。

白雪漫飛、朦朧瀰漫的霜霧、遠處似隱若現的碧色身影……

「這幅畫……跟我所夢見的一模一樣！」

回過神，海薇兒忍不住開口說道，語氣含著深深地難以置信。

其餘五人望著她，亦是掩不住的驚訝神情。愣了一會兒，大家都走上前去仔細觀看那幅就掛在大門對面牆上的畫。

「也許，溫可娜當年真的來過這裡，甚至……在這裡居住過。」莎琳望著畫作，喃喃地說著。

「莎琳，妳是說……我夢到的就是當年的溫可娜？」海薇兒不敢相信地問。

「一樣，都只是我的猜測，目前還沒有人能夠確定。」莎琳回答，仍舊凝視著牆上的畫，擰眉思索著。

「那……妳怎麼知道呢？」彼瑟問道，仍是疑惑。

「因為這個。」歐錫德比了比畫框，代莎琳回答。

靠近一看，磨得光滑的深棕色木框上邊和下邊，各刻著幾個仍清晰可見的字。

上邊是：送給溫；下邊右側則是：安格法．艾爾斯。

「這是……」望著刻痕，海薇兒似有些了解卻又不全然明白。

「天羽人很少使用姓氏。」恩琪雅回答了兩兄妹的疑惑，「即使是正式文件、或官方稱呼，也都是只用名字。在天羽，名字才是重要，所以一般人都不知道別人的姓氏；姓氏只有家族間才會使用、才會曉得。」

她停頓了一下，正視著兩兄妹。

「但據我們所查到的資料，溫可娜在天羽的家族姓氏，正是『艾爾斯』。所以，這位安格法極有可能就是當時她的親戚之一；而他把這幅畫送給『溫』，照這樣推測，也很有可能，就是溫可娜。」

「所以，我的夢……是真的囉？」海薇兒有些愣住，喃喃問著。

「沒辦法說肯定，但我相信，是的。」

莎琳再望了望畫，轉頭看著海薇兒說道，水藍色的眸中是他們所熟悉的堅定信念。

「因為妳們，是彼此的親人。」

§ Chapter 12 · 牽繫 §

在小屋內逛了一陣，海薇兒仍是凝視著牆上畫中的碧色身影。

那朦朧縹緲，卻能觸動她心弦的身影。她深切地相信，微薄的天羽血統使她與畫中——也就是夢中——的女子有著綿亙許久且密不可分的牽繫，不論那碧色身影究竟是不是溫可娜。

但海薇兒相信，是的。

眼波流蕩在畫上，腦海中不知不覺又響起了夢中所聞之歌，一陣難以言喻的淡淡心痛再次輕拂過她的心頭。

「小海？」

一聲溫柔但隱藏擔憂的呼喚傳來，抬首，海薇兒對上莎琳關切又似乎了解了什麼的水藍清眸。再俯首，她才發現自己在不知何時雙手握著胸口，彷彿畫中人的哀愁傳到了她的心中。

「她……曾經很痛苦地割捨過。這裡有她放不下的人事物，這裡有她所愛的人事物，她很憂傷……」

下意識地，這些感覺便傳到海薇兒心中，言語也不自禁地流洩出。她望著莎琳說道，聲音微微顫抖，像是曾親身經歷過。

「小海，妳是怎麼知道……？」

偏頭望了莫倫一下，海薇兒注意到他在急切中脫口而出的稱呼。

微微笑了一下，眼瞳裡卻又參雜著一抹哀愁，屬於她和不屬於她的情緒同時出現在海薇兒面龐。

「我不曉得……我感覺得到，就像在那個夢中的景象一樣。她愛他們，但她必須捨棄……」

喃喃說著，海薇兒似乎陷入了不屬於自身、不屬於這個時空的心緒。

「夢中的、畫中的都是，她很憂傷……」

「別想了，小海。」莎琳柔聲地打斷她，語氣卻很堅決，「別再想了。那不是屬於妳的情緒，妳無法承受，也不能讓自己陷進去。聽我的，別再想下去了。」

感覺到莎琳握在臂上的力道，海薇兒才從思緒洪流中掙脫出來。

「我不知道為什麼越想越深……」她環顧大家，似乎想尋找能夠給她解答的眼神，空茫中略帶憂愁的目光最終仍是停留在莎琳身上。「我不知道為什麼，那些感覺就不停流入心中，好像我能知道她所感受到的……」

「沒事的。」莎琳輕聲安撫她，「也許她有意留下些什麼給後人知道，妳跟她的牽繫比較深，所以妳才會有那麼深切的感受。」

她的眸光微揚，和歐錫德交換了一個眼神。

「只要記得，不要失去了屬於自己的心、自己的情感。」

美麗的藍眸深深望入海薇兒泛著波動的明眸。

「無論如何，不要失去了自己。」

＊　＊　＊

舒適的清風拂面，小船在清波渺渺又帶有陣陣微浪的瀰海上航行。

仍舊是歐錫德熟練地駕船，其餘諸人倚圍欄的倚圍欄，靠艙牆的靠艙牆，時而迎風望望前方渺小的湖岸景觀，時而回頭望望漸行漸小的湖中島，皆迷蕩在自己的思緒之中。

無意識地攏了攏隨風飄揚的髮絲，海薇兒仍徘徊在方才所見，夢境與實景不停交織在腦海中。

如果，夢中與畫中的女子是同一人；如果，那女子真的是溫可娜，那麼，她究竟背負了什麼樣的憂傷？

是離開天羽的不捨？亦或，對過往親人的放不下？

但她是留書走的，照理而論應是沒有見到任何人的反應。

如果真是溫可娜，贈畫的安格法又與她、與自己有什麼淵源？

「歐錫德，」輕嘆了一口氣，拋開繁雜的思緒，海薇兒回頭向歐錫德問道：「我們……接下來要去哪呢？」

似乎亦是在自己思緒中徘蕩的歐錫德停頓了一下，才回答海薇兒的問題。

「特里爾鎮。」他邊掌控著船舵，邊回頭望了望大家，「瀰海東岸前面不遠的地方，也就是我問到那些訊息的古老小鎮。」

「所以，那裡可能還會有知道這件事、知道這個家族的人了？」彼瑟有些急切地問。

「可能性不小，但還是得去了才知道。」歐錫德依舊從容答道，「去過那裡，然後我們就得上喀特山了。」

彼瑟和海薇兒兄妹倆互看了一眼，然後依序望過歐錫德、莎琳、恩琪雅、莫倫。

清風仍吹拂，交會的只是眼波流動。

「特里爾鎮……喀特山……」彼瑟喃喃念著，「我們就要再前進一步了。」

望著前方，伴著思緒，海薇兒只是沉默不語。

特里爾鎮是個位於瀰海湖畔的古老小鎮。

夏季浸沐在瀰海吹來的舒適清風，冬季籠罩在飄零而下的冰霜寒雪，分明的四季使這裡在不同時候有著截然不同的景觀。如同湖中島般的平房式屋子羅列在狹小的街道兩旁，這裡有人跡的歷史不少於湖中島，不同的是，特里爾鎮目前仍有數百名居民，每天按著日出日落規律作息。

歐錫德領著眾人由湖岸一側進入了特里爾鎮。

「歐錫德，這裡就是你之前所提到的地方？」望了望四周的古老房屋，彼瑟問道。

「沒錯。」歐錫德回答，稍微放慢了腳步，「我們今晚得在這裡過夜，所以現在先找到住宿的地方，應該就在前面不遠。」

隨著歐錫德的話，不多久，他們便到了一間這裡少見的三層樓式房屋前。

「這是我住過不少次的小旅館，雖然設備簡單，但還算是清潔舒適，今晚我們就住在這裡吧？」歐錫德詢問地望了望大家。

「嗯。」

每個人都點頭同意，畢竟跟隨在外多年的歐錫德，應該不會有什麼問題才對。

進房間放置好行囊，六人一刻也未停歇，便前往特里爾鎮街上。

「歐錫德……」與歐錫德並肩走在前方的莎琳，在出了旅社門口後，低聲地喚了他一聲，眸中隱藏著一抹憂心。

「先別擔心，」歐錫德微微點頭，不需話語已明白了莎琳欲言為何，他亦是低聲回答：「依我所知，這裡並沒有艾爾斯家族的直系後裔，頂多是當年知道這個家族的人的子孫，在這裡不會有危險。」

眼角餘光微瞥了後頭正與恩琪雅和莫倫談話的兩兄妹身影，再望了望遠方的朦朧山影，歐錫德的眼神也滲入了些許殷憂。

「我擔心的是，上了喀特山之後。」

沿著主街走了不久，歐錫德停在一間舊式茶館前。

「這間茶館是特里爾鎮居民平時聚會的地方，告訴我訊息的人就是在這裡遇到的，我之前也是在這裡的二樓找到那些古資料。」

語畢，眾人便踏入了小巧且散發著濃濃古味的茶館。

小巧的空間擺置著玲瓏的桌椅，每個圓形桌上都有一個樣貌不同的茶壺，有一半以上已坐滿了人，他們面前的小壺飄散出幽香襲人的氣息。

「歐錫德先生。」見到他們走入店內，櫃檯後一名身材矮小的男子走了出來。

歐錫德向他微微點了個頭，領著眾人到一張桌旁坐下。

「一壺紫鈴花茶，麻煩你。」他對著男子說，「另外，二樓可以讓我們參觀一下嗎？」

「當然可以，您請隨意參觀。」男子再行了一個禮，轉身走回櫃檯。

徵得了茶館主人的同意，六人便爬上木板階梯，上到了有點類似閣樓的茶館二樓。

「當時發現了一些事情，急著要去告訴你們，走得匆忙，這裡只是略看了一遍，或許有忽略了什麼東西。」踏上了微微作響的最後一級木板階梯，歐錫德回頭向大家說著。

茶館二樓雖是簡陋似閣樓的空間，卻有著不少靠牆而立的分格木櫃，有些格子是空的，有些卻擺放了一些看似年代久遠的古玩或器具，整個樓層彷彿一個小型的收藏館。

六人隨意地沿著櫃子走動觀看，時而停步細查某些引起他們注意的東西。

參觀了一會兒，雖都是些精緻的器具古物，卻似乎沒有看似具特殊意義的東西，正當他們準備重返樓下時，海薇兒在一個角落裡的櫃前停了下來。

「小海，妳發現什麼了嗎？」莫倫見她停步，回過頭問道。自從在島上不自覺地脫口而出後，他便一直很自然地用著這個暱稱。

「不太曉得……這個圖案，有點熟悉……」海薇兒俯身望著櫃中，若有所思地回答。

其餘五人聽了她所說，皆圍聚到她身旁。

在海薇兒所注意的櫃中，擺放著一個古舊的銀匣。本應是銀亮的表面有著斑斑無法去除的污漬，伴隨可能曾埋藏土中的刮痕塵埃，不特意俯身根本不會注意到它的存在。

而在銀匣正面的中央，隱約有個鏤刻的圖案。

「這……難道是……」恩琪雅忽然像想到了什麼般，仔細地望了望銀匣，再轉頭看向海薇兒，「小海，法蓉給我們的那個鐲子，妳有帶在身上嗎？」

「有。」海薇兒頓時明白了恩琪雅所想為何，取出那天法蓉所贈的小木盒。

打開包裹的白棉布，青綠色的鐲子又展現在眼前。但眾人目光的焦點不是鐲子本體，而是正中央那鏤金薄片。

恩琪雅想的沒錯，鐲子上的圖徽，和銀匣上的是同一個。

「這個圖案，究竟有什麼代表意義？」彼瑟望著兩個一模一樣的圖徽，困惑地說著。

「可能性最大的是，跟某個古老家族有關。」莎琳凝神細看，如此回道。

「大膽假設的話，就是艾爾斯家族。」歐錫德補充，深邃眸子中是思索的光芒，「畢竟，他們是這一帶歷史最悠久、延續最長遠的家族。」

回到了樓下，一壺馨香滿溢的茶已經在圓桌上等待他們。

六人還未坐定，隔壁桌響起了一個低沉但略顯熱切的聲音。

「歐錫德先生，沒想到能再次在這裡遇見你。」

一名身著灰袍的中年男子站了起來，走到他們的桌旁，向歐錫德微微行禮打招呼。

「卡爾先生。」

歐錫德回禮，向桌旁一比，請男子坐下。

「我們是來這裡尋找一些過往的事。」等大家皆圍著桌邊坐定，莎琳替每個人都倒了一杯幽香花茶後，歐錫德對卡爾解釋著，「關於你上次曾告訴過我的那些事。」

「所以，你還是執意要追查……」卡爾的話說到一半，往旁邊一瞥，硬生生打住。「這兩位……不會就是從地面世界來的吧？」

彼瑟和海薇兒聽他這樣一說，不自在地挪動了一下身子。

「是的，如你所見。」歐錫德簡短地說，「其他幾位是天羽的朋友。」

卡爾的眼神輪流望了望每個人，再回到歐錫德身上。

「所以，你還是執意要追查下去就是了？」他的語氣滲了些許無奈。

「沒錯。跟我上次說的一樣，尚未確定的事，都不是結束。」歐錫德的眼神微微含著一絲銳氣，但更多的是堅決，「你是目前我所能找到唯一知道當年這件事的人，你是否願意再幫助我們呢？」

「你還想知道些什麼？」卡爾沒有正面回答，但語氣中已含有妥協之意。

「關於艾爾斯家族……當年的他們就居住在這一帶吧？」

「可以算是，但那已經是很久之前的事了。後來他們的子孫散居各地，現在還有沒有後裔也不清楚。」卡爾拿起杯子啜飲了一口茶，再續道：「不過，他們最後的集居地是在喀特山中，後來就漸漸四處散去了。」

「喀特山……果然。」歐錫德喃喃念著，再接著問：「當年還在天羽的溫可娜，是不是曾到過湖中島，或者，曾經住過那裡呢？」

「湖中島？」卡爾覆述著，再思索了一下，「這個我就不清楚了。不過就我推測，她在到地面世界前應該沒離開過家族居地吧，艾爾斯家族並沒在湖中島居住過。」

聽到了卡爾所說，彼瑟等人不禁互相望了望，眸中盡是不解與疑惑，參雜著些許失望。

卡爾停頓了一下，又像想起什麼似地說道：「不過，據說溫可娜擅長舞蹈，也很喜歡唱歌。冬天時她常會到結了冰的湖面上，在雪中跳舞，或者邊漫步邊歌唱，即使冰層很滑，對她似乎都沒有什麼影響。」

想到夢裡雪中漫舞的身影，海薇兒眼中綻出了一抹光芒。

「那個湖，是瀰海嗎？她是到瀰海嗎？」她急切地問道。

「抱歉，小姐，這我真的不清楚。」卡爾卻如此答道，「關於溫可娜的這件事我也只是聽說而已。」

「那……你知道安格法．艾爾斯嗎？」彼瑟接著問。

「不……我沒聽過。」雖是如此說，但卡爾的否認在一般來說也略顯快速。

「你知道那麼多事，應該至少聽說過這個名字吧？」歐錫德沒有放過他一閃而逝的驚惶眸光，繼續追問。

「不，我從來沒聽說過。」斬釘截鐵地說，卡爾的眼神隱約迴避眾人目光。

「可是，他應該是艾爾斯家族的人吧？」歐錫德不放棄。

「艾爾斯家族的人那麼多，我怎麼可能全部都知道？」卡爾仍然是這麼說。他拿起茶杯，啜了一口，「別把我當成萬事通了。」

歐錫德不再追問，沉默了下來，與莎琳交換了一個目光。

「那麼，卡爾先生，你看過這個圖案嗎？」

海薇兒不再問關於安格法的事，她打開了木盒，再次拿出了那個青綠色鐲子。

當那鏤金薄片展現在他面前時，卡爾像是震懾了一下。

「這個……你們怎麼會有這個東西？」

「有這附近的朋友撿到，送給我們的。」海薇兒回答，有些訝異他的大反應，「這個圖案在樓上的一個銀匣子上也有啊。」

「我很少去樓上，沒有注意過。」卡爾凝神細看著那青綠色鐲子，微微蹙著眉。「這個圖案，已經很久沒出現過了。」

他停了一會兒，似乎猶豫了一下才再繼續說。

「這個圖案，就是艾爾斯家族的族徽。」

＊　＊　＊

每次在夢中，海薇兒見到的都是模糊的影子。

自從第一次夢見後，她又斷斷續續夢到過許多次那碧色身影。有時只是在冰霜湖面上漫舞，有時是以憂傷的眼神凝視著漫天飄雪，有時在湖面上緩步繞圈子，然後消失在漸濃厚的氤氳中；不變的是，那首悠揚但隱含哀愁的歌，以及如天籟般的輕盈之聲。

她相信，不管有沒有到過湖中島，那在瀰海上漫舞悠歌的淒美身影就是與她有淡泊血緣關係的溫可娜。

莎琳說得對，有時候，光是感覺就能解釋很多了。

只是感覺，但她就是會不知不覺感受到多年以前溫可娜所感受的。彷彿，她的心能跳躍時空與過往的人兒牽繫在一起。

溫可娜的憂傷、懷念、希望，以及她對過往人們不變的愛。

那抹淡淡心痛亦是依舊，每當她想起夢境，便不間斷地縈繞。

「啊……」

一股痛倏然竄升到她的頭上，她不禁輕呼一聲，按著頭蹲了下來。

「小海！」

甜美但略顯焦急的聲音傳來，一隻溫暖的手輕按在她的肩上。

「莎琳……」在突如其來的頭痛中，海薇兒勉強抬起了頭，只能用模糊的聲音喚了莎琳一聲。

莎琳溫柔地撫著海薇兒的頭，海薇兒漸感到疼痛減輕了一些。

「小海，別再一直往下想了。」纖手仍是輕撫著海薇兒的髮，莎琳的藍眸中盛著滿滿的關切與擔心。「一直感受過往的情感，是會對現在造成影響的。溫可娜把她的情感傳達給妳，但她也一定不希望影響到妳自身。」

「莎琳，妳相信我夢中的就是溫可娜？」抬起頭望著莎琳，一直如看待長姊般依賴著她，海薇兒很希望她也與自己有相同的想法。

「相信。遇到卡爾先生之前我就一直相信。」

莎琳輕聲說著，脣畔微微勾勒出一抹淺淺的微笑。

「每件事，都是因為相信，才能夠繼續前行的。」

§ Chapter 13 · 洞穴 §

溫暖的晨曦透過雲靄間隙灑下，伴隨和風輕拂，氤氳瀰漫在清晨的山腳下。四面碧草如茵，但隨著越近山腳越見茂密滋長，道路已幾乎隱沒在蔓草中，只可隱約見到一絲絲前人行過之跡。

六匹輕騎在飄煙漫霧中緩行。自從離開了湖岸，越往山的方向走，氤氳便越盛，氣溫也漸漸滲了些涼濕因子，使他們在蔓草中辨識道路的過程添了幾許困難度。

漸行漸緩，道路像是完全淹沒在荒煙蔓草中，而之前尚在遠處的山也漸漸龐大，直至近在眼前。

到了山腳下，領在前頭的歐錫德及莎琳停了下來，下了馬，轉身向著後頭緊跟隨而至的四人。

「前面就是喀特山了。」歐錫德牽著馬韁繩到臨山的一棵矮木旁，對著大家說，「我們的馬只能騎到這裡，接下來上山的路程，就只能靠步行了。」

六人把各自的馬匹栓好後，便踏著只能略見蹤跡的小道，向著喀特山前行。

進入喀特山的道路似乎真的很久不見人煙了。雖未完全被掩蓋至不見蹤跡，但四周的雜草蔓生，各式長短參差的草類爭相著到狹小的道路上嶄露頭角，周圍的植物亦是蓄勢待發，以迅於平常的速度生長著，彷彿在較勁著誰能最先佔據整個山麓。

「艾爾斯家族……真的住過這裡嗎？」彼瑟望了望四周荒涼的景象，有些懷疑地問道。

「在許久以前，艾爾斯家族仍興盛的後期，他們的確是居住在喀特山裡。不過之後他們就漸漸四散，直到幾乎失去消息。」歐錫德已整合過這幾天新得到的、以及他之前就擁有的訊息。「他們遷走之後到現在的這一大段時間，這裡應該是沒什麼人來過，而且，他們居住的地方還沒到，應該還要更向山裡面走。」

隨著談話，他們漸漸向喀特山深處前進。

走過一片茂密的樹林，在被成群葉影遮蓋的幽暗後，別有洞天地出現了幾座廢棄房屋的小聚落。雖是已呈老舊不堪使用的屋子，但每一棟跟山下村鎮比起來似乎都算頗具規模，在腐朽塵掩下仍能看出當年富麗堂皇的模樣，想必曾經居住在這裡的屋主亦是身份不凡。

「這裡，應該就是艾爾斯家族當初居住的地方了。」

佇立樹林邊緣，望著前方屋群，歐錫德向眾人這麼說著。

「我們……要進到他們的屋子嗎？」彼瑟看著前方景觀，再望望周圍環境，如此問道。

「不，這些屋子雖然很久都沒有人居住，但仍是屬於艾爾斯家族的私人財產。」歐錫德解釋著，「即使這個家族的後裔已經不知所蹤，其他人還是不能隨意進入。」

「那我們要……？」海薇兒亦是不解地問。

「我們先到周圍看看，我相信他們所遺留的事物，不只是屋子而已。」莎琳望望歐錫德，替他如此回答。

踏著多層落葉覆蓋的小徑，六人沿著聚落外圍行走，到了另一頭一小片植被稀疏的山壁。再靠近一些，發現雖延展不長的山壁上有許多大小不一的洞穴，大的可容十數人進入，小的只足以當小型動物的巢穴。

歐錫德和莎琳行至一個算是這裡最大的洞口後，停了下來。

「如果艾爾斯家族還有遺留什麼，很可能不會在那些已經廢棄的屋子裡，而是收藏在山中。」莎琳望了望洞穴，再轉向大家說，「但他們也不是會去刻意找隱密處埋藏的人，他們必定會選個比較不容易有人發現的地方放置，而這一帶是人煙最稀少的地方。」

「所以……我們要進洞穴囉？」海薇兒朝洞內望了望，不太確定地問。

「沒錯。」歐錫德回答，看兩兄妹仍有些遲疑的樣子，再補充道：「天羽的氣候跟地面世界不同，生長的生物也不一樣，這裡的洞穴不會有蟲蛇之類的爬蟲類，可以安心進去。」

即使殘存的懼怕仍無法免除，歐錫德的說明還是讓他們安心了不少，點了點頭，舉步進入洞內。

這個山壁上的洞穴雖不深，但進入之後卻神奇地感覺別有洞天。如果說從入口向內望是工具櫥的大小，那麼進去之後，便是如同一間頗具規模的會議室那般寬廣。天羽的氣候使洞內不會滋生蟲蛇蚊蚋，微微乾冷的溫度儼然便是間絕佳的天然儲藏室。

雙眼剛適應洞內陰暗的光線，警覺性高的莫倫便注意到洞穴深處似乎有個不自然的暗影。

正要示意其他人，那暗影已緩慢地向他們所在處移動。

「什麼人？」隨著輕微的腳步聲，一個低沉且略顯蒼老的嗓音便傳了出來。

莫倫及恩琪雅的手悄悄地按在佩劍上，以防萬一。

腳步聲漸漸增大，人影漸漸脫離幽暗。

一抹光線射入，映在一襲墨綠色長裙上。

隨著長裙的主人緩緩前行，一名灰髮細瘦的老婦人站在他們面前。即使已有些乾皺的皮膚仍透出神采奕奕的色澤，那抹漆黑不見底的雙瞳透出嚴厲的光芒，緊抿著的唇及剛硬的表情在在顯示出她的一絲不苟。

「究竟是什麼人，在塵封之後還要探究過往的秘密？」

鏗鏘有力的問句，一道銳利的光芒自她眼中射了過來。

「很抱歉打擾您，只是，我們必須到這裡來尋找以往龐大家族的記憶。」望著老婦人的眼眸，歐錫德以不卑不亢的語氣說道。

「這裡已經很久沒人來過了，你們知道屬於這裡的過去？」

「我們希望能尋找自身的淵源。」彼瑟向前一步，堅決的希冀壓過了頓生的恐懼。

「如果您知道關於艾爾斯家族的任何事情，能不能請您告訴我們？」海薇兒開口，原本在老婦人乍現時不自覺拉住莫倫手臂的她，現在亦是踏向前一步站在哥哥身旁。

老婦人不語地佇立原地，幽深的目光輪流停駐在兩兄妹身上。

半晌，她沉靜而緩慢地開口：「你們，真想知道？」

「是的。」

兩人認真地回答，後方四人亦是肯定地頷首。

「如果您知道關於當年溫可娜小姐的事，可否也請告訴我們？」彼瑟接著問道。

聞此言，老婦人眼中倏然閃過一抹陰鬱。

「好，」停頓了一會兒，老婦人才回答，銳利目光掃過每一個人，「我告訴你們所有你們想知道的。」

「謝謝您。」彼瑟和海薇兒同時開口道謝。

「別謝得太早。」老婦人臉上的僵硬線條依舊，她抬頭向恩琪雅及莫倫望了望，「有個條件。我活了大半輩子，經歷了許多對你們而言無法想像的事，我無法忍受任何具有殺傷力的武器在靠近我的地方，所以，要接近我，要聽我所說，必須先去掉你們的佩劍。」

嚴厲的眼神明白地顯示出：欲聽往事便沒有拒絕的餘地。

沒有猶豫很久，莫倫及恩琪雅還是把佩劍抽起，放置在洞口外。

看到他們照做了，老婦人的面色才稍稍柔和了一些，她走回洞內深處，示意六人跟著圍到她身旁。

「對了，叫我迪恩夫人就行了，以前那些孩子都是這麼稱呼的。」

她攏了攏長裙，在微弱的光線中坐下，六人也一一圍坐在她周圍。

「艾爾斯家族已經沒落很久了。」她的語氣平板，彷彿只是在敘述一件平淡無奇的過往瑣事，「這裡實際上已經算是廢墟，許多年沒有人來過這兒，只是因為還算是家族祖產，所以仍然保留了這塊土地和這些房子。」

「那現在還有這個家族的後裔嗎？」彼瑟問道。

「有，當然還有。只是已經少到幾乎絕嗣，而且目前散居在天羽各個不同的地方，沒有人會再提到關於『艾爾斯』這個姓氏了。昔日輝煌的艾爾斯家族，早就消失在過往的記憶裡。」

說著這話時，迪恩夫人的眸光沒有特意望向誰，彷彿飄蕩到了虛空中的某個遠方。

「您知道安格法．艾爾斯嗎？」在她停頓下來的間隙，海薇兒趕緊問道。

「妳在哪裡聽過這個名字？」迪恩夫人沒有直接回答，反而反問了這個問題。

「我們去過湖中島，在那裡發現一幅畫，畫框上有這個名字，還有一行字刻著『送給温』。」海薇兒向她解釋著，小心地沒有說出她的奇特夢境以及他們的真實身分。「我們知道温可娜當年在天羽的家族姓氏就是『艾爾斯』，所以想說是不是有什麼關聯。」

「嗯……安格法呀……」

聽完了海薇兒的解釋，迪恩夫人喃喃念著，似乎思量著什麼。

「您知道？」觀察著她的神情，彼瑟這麼問著。

「知道。我當然知道。」迪恩夫人的聲音夾著一抹飄忽，她上下打量了彼瑟及海薇兒一會兒，眼中透出一絲精厲的光芒，「你們到過特里爾鎮吧？那裡有個叫『卡爾』的人，就是安格法的直系子孫，目前僅存的唯一一個後代。」

「卡爾……果然……」歐錫德回憶著卡爾詳細的敘述，以及超乎其他人對這個家族的所知，再配上迪恩夫人的話，便證實了他的猜測。

「可是，既然他是安格法的直系子孫，為什麼我們問到時他卻裝做不知道，甚至避談這個名字？」莫倫想到當初卡爾閃躲的語氣及迴避的眼神，不解地問。

「卡爾這個孩子我太了解了。」迪恩夫人說道，唇角微勾，但說是露出微笑又不完全像，反倒有些似輕蔑嘲諷的睥睨。「他以為不承認就能把互相牽連的過往完全湮滅？世界上哪有那麼簡單的事？告訴你們，關於安格法的過往是家族後代都不願提起的。但卡爾那孩子一方面避談，一方面卻又希望那些往事不被埋沒，不然他為什麼還要告訴你們那些？他是不是說所有事都是聽別人轉述的？」

看六人點頭，她輕哼了一聲，但眼底卻有著複雜的神情。

「隱藏自己的身分能代表什麼？天真，太天真了。」她緩緩搖頭。

「那您所說關於安格法的過往是什麼？跟溫可娜有關嗎？」雖聽說這是家族後代都不願提及之事，但彼瑟仍不放棄追問。

迪恩夫人默默注視了他一會兒，眼中一抹光芒一閃而逝。

「沒錯，這的確是同一件事。既是溫可娜的過往，也與安格法有關。」她的眼神瞬間轉變為銳利，「溫可娜的過往如今重新被攫出土了。你們，確定要聽？」

「是的，請您告訴我們。」

海薇兒聽出迪恩夫人對這段回憶似乎存著很深的保留度，無絲毫猶豫地回答，其餘諸人亦是肯定地頷首。

「關於溫可娜，你們了解到什麼程度？」

「我們查到的資料顯示她離開天羽私自前往地面世界，與地面人結婚繁衍後代，並且去世於地面世界。」恩琪雅簡略地說道。

「嗯，那的確是我們家族最不願提起的一部分。」迪恩夫人喃喃說道，目光似乎鎖定在虛空中的一個點。

回答完後，謹慎細聽的恩琪雅注意到了「我們家族」這四個字，微蹙了一下眉，但沒有說破。

「其實溫可娜在到地面世界後，有回來過天羽。」迪恩夫人緩緩述說，眼波微微閃動，「當年她的留書離去是家族裡的奇恥大辱，任何純正血統的天羽人都不會去接近地面人，更別提是前往地面世界。」

聽到了這段話，彼瑟及海薇兒悄悄地互望了一下，但皆忍住未出聲。

「自從她離開後，家族裡便把她除名，族譜上也消去了她的名字，她徹底地使家族蒙羞。」不知為何，迪恩夫人在講起這段往事時，語氣較之前都強烈，「但在家族成員都幾乎忘了有這麼一個人存在之後，有一天，她又回到天羽。當然不是回來長久居住，她說，她仍然愛這裡，放不下這裡的人，所以回來小住一陣。

「但家族裡的人趕走她，對她說，她已經不是艾爾斯家族的一員。所有的人，只除了溫可娜的旁系堂哥，安格法。」

六人聽到這裡，皆不約而同地互相望了望，有些人面上帶驚疑之色，有些似乎在猜測中已了然，有些則是恍然明白的神情。

「安格法始終盡力維護這個從小一起長大的堂妹，自從溫可娜離開後，安格法便一直替她說話，試圖扭轉家族人的意見。這一次也是一樣，他試著說服家族的人接納溫可娜。

「當然，沒用。所以安格法瞞著其他人，帶溫可娜離開家族居地，他了解溫可娜仍然深愛天羽的心，所以替她在湖中島安排了一個住處，讓她在那兒小居一段時間。他經常去找她，還贈送了她一幅畫，畫中是她以前時常在雪中跳舞的模樣。」

聽到了這段揭開之前謎團的話，海薇兒必須強忍住激動的情緒才不至於呼喊出聲，她望向了始終堅信的莎琳。

莎琳水藍色的眸中有著溫暖的安撫，但只有她自己知道，藏著一抹隱隱的、莫名的不安。

「但紙包不住火，其餘家族成員還是知道了。」迪恩夫人繼續述說，平板的語氣沒有任何表情，「在他們趕到前，憂傷的溫可娜已經離開，回到地面世界，匆促地連安格法送的畫都來不及帶。而安格法也從此被家族除名，這件事被徹底封鎖，成為艾爾斯家族此後的一個禁忌。

「所以，連卡爾那孩子也不知道這件事的存在，目前知道的，應該只有我了。」迪恩夫人說著，神情再度飄忽，「艾爾斯家族因為這個汙點，從此向心力不再，一蹶不振，原本輝煌的家族也一天不如一天，漸漸地，子孫越來越少，直到現在這個模樣。」

說到了這裡，迪恩夫人停了下來，似乎已將整件事交代完畢。

六人聽完這一段往事，正凝神思索著。忽然，迪恩夫人站了起來，直直地望著彼瑟及海薇兒。

「聽完了你們的祖先，有什麼感想呢？兩位地面人？」

「您……知道我們是誰……？」

驚疑中，彼瑟將海薇兒護在身後，聲音微顫抖著問道。

其餘四人亦站了起來，凝神戒備著。

「不，應該說是妳的祖先。」她如火炬般的目光射向了海薇兒，令她不由自主地向後退了一步。

「這件事，也是只有我一個人知道。」

兩句謎般的話使兩兄妹皆摸不著頭腦，正要開口詢問，迪恩夫人瞬間又轉向彼瑟。

「所有的起源都是因為地面人。」

在話出口的同時，她以電光石火的速度將一把短刀刺向了彼瑟。

瞬間襲來的銳利刀光，使彼瑟完全沒有閃躲的時間及空間。

只能等待痛楚的來臨。

但過了幾秒，卻沒有預料中的劇痛，只感覺一個溫暖的身軀癱倒在他的懷裡。

下意識地趕緊抱住了那柔軟身軀，彼瑟才俯首探看。

那柄散著寒氣的短刀，正深深地插在恩琪雅的肩上。

§ Chapter 14・真相 §

「恩琪雅！」

望著懷中半昏迷的褐髮女子，彼瑟在驚魂未定之餘驚喚了她一聲。想著她為自己而出身擋刀，不禁深深望著她。

恩琪雅的面容如雪般蒼白，短刀深刺而入直沒至柄，鮮血迅速滲透了翡翠綠的衣衫。即使在昏沉中，她仍是緊蹙著眉，似乎正強忍著傷處的劇痛。

莎琳和海薇兒急忙上前察看她的傷勢，莎琳當機立斷取出隨身的醫藥包，在海薇兒的幫忙下替恩琪雅處理傷口。

莫倫在這短短幾秒鐘，已至洞口取回了佩劍，與歐錫德各持一劍架住了襲擊後即佇立原地的迪恩夫人。

迪恩夫人剛硬的面容沒有任何表情。

「啊……」

隨著短刀的拔出，靠在彼瑟懷中的恩琪雅不禁輕呼了一聲，微微睜開了雙眸。

心疼地，彼瑟抱緊她，不在乎隨著濺到他衣衫上的斑斑血跡，讓莎琳熟練且仔細地替她治療傷處。

一旁的海薇兒充當莎琳的助手，望著恩琪雅緊咬著泛白的雙脣，不禁也握住了她的手。

偶然間，海薇兒眼光向旁邊一瞥，望見了擱在地上還沾著血跡的短刀。那刀柄上鑲著一顆暗紫色似水晶的寶石，讓海薇兒覺得有些熟悉。

忽然，幾天前的影像倒帶般地浮現了出來。

「這不是，跟法蓉一直戴在身上的墜鏈是相同的？」

已經處理好傷口，正在收拾器具的莎琳聞言，抬頭看了海薇兒一下，似乎也想起了什麼。

本已在彼瑟懷中闔上雙眸的恩琪雅亦是睜眼，望了一下刀柄上的寶石。

莫倫及歐錫德也被吸引了注意，轉頭看了一眼正被架在兩人劍下的迪恩夫人。

「現在，可以告訴我們這一切究竟是怎麼回事了嗎？」莫倫以佩劍押著迪恩夫人，用少見的強硬語氣問道。

迪恩夫人狀似要開口，卻忽然用力一掙，以老年人少有的敏捷動作脫離了莫倫和歐錫德的控制，向洞口移動。

就在眾人皆感攔阻不及時，洞口處忽然現出了兩把利劍，應生生擋住了出路。

兩個身影倏然出現在洞口。男子有著垂肩的褐色鬈髮，灰袍隨風微微飄動，深色的雙瞳裡含著隱微波動的光芒；女子則是黑髮紫袍，伴以冷艷高貴的氣質，暗紫色的眸子深處卻是藏著一抹暖意。

「法蓉！」

海薇兒認出了那纖細高佻的身影，喚了她一聲，仍高舉著劍的法蓉給了她一抹淡淡的微笑。

而一旁的莎琳和歐錫德、以及仍倚著彼瑟的恩琪雅則是注意到了法蓉身旁的男子。

順著他們的目光，彼瑟和莫倫也望向了那挺拔的身影。

「葛夫先生？」彼瑟略為猶疑地開口。

褐鬈髮的男子向他們微微頷首，證實了他的身分。

「叫我葛夫就行了。」

他手上的劍仍是不放鬆，但目光稍稍環視了眾人，在望見海薇兒時略停留了一下。

「不論之前有沒有見過面，希望我們能以全新的身分互相認識。」葛夫誠摯地向著六人說著，對上莎琳帶有深意的雙瞳，他的眸中有著歉然。

「你們怎麼會……到這裡來？」望了望兩人，歐錫德面帶悅色地開口問道。

「葛夫在你們離開的三天後回來。」法蓉在說這句話時，微微覷了一眼身旁的英挺男子；海薇兒注意到了兩人略帶眷戀的眼神交會，脣畔噙著一抹微笑地望著他們。「我們決定要放自己一個暫時的假期，到附近走走，所以我跟他說起了你們的事，就來這裡看能不能遇到你們了。」

「走到這個洞口，我們看到好像出了什麼事，在洞口站了一下，剛好阻止了她逃走。」葛夫望了望仍在歐錫德和莫倫劍下的迪恩夫人，接著法蓉的話說著。

「所以，這究竟是怎麼一回事？」

聽到葛夫提起了迪恩夫人，歐錫德難得地疾言厲色，深邃的眸子直直盯住了她。

「我已經問過你們是不是確定要聽了。」迪恩夫人的面容依然剛硬，沒有一絲表情，「為了我們艾爾斯家族的榮辱，既說了這段往事，便要斬除地面人以維繫家族榮耀！」

「妳既然知道我們所有人的身分，應該不會不知道彼瑟和小海是你們家族的後裔吧？」仍舊無力靠坐著的恩琪雅抬起頭說道，聲音雖微弱，但她的目光是前所未有的冷然。

「她，可以說是。」迪恩夫人指了指海薇兒，再指向彼瑟，原本空洞的神色瞬間充滿了騰騰殺氣，「他，是地面人，完全的地面人。」

在眾多訝異的眼光下，不等哪個人再追問，迪恩夫人幾乎沒有停頓地繼續說。

「反正我已經失敗了。這件事，只有我一個人知道。」她的眸中閃著奇異的光芒，再次強調了這句話。「溫可娜對直系子孫有過協定，若是只生一名子女，就要再領養一名地面人，和親生子女同等撫養。她當時並不曉得天羽人的體質問題，只是純粹想讓他們家族更加融入地面世界——這個協定，她並沒有告訴她的丈夫。」

「所以，彼瑟是……」海薇兒望著哥哥，驚訝的光芒仍盤旋眼中久久不去，她已明白迪恩夫人接下來可能會說的話。

「接下來的數代子孫都生了不只一名子女，所以天羽血統仍是完全延續在他們的血脈中，直到這最近的一代。」迪恩夫人頓了一下，神情銳利而肅然。「最近一代的夫妻只生了一個女兒，他們記起了祖先溫可娜所留下的協定，就照著去領養了一名地面人男孩，成為他們的兒子。」

這段話已經說得很清楚。彼瑟從忽然知道自己可能有天羽血統，到現在又乍然獲知實為完全的地面人，這一連串的過程，使他的思緒暫時空洞，微怔的眼光從迪恩夫人嚴厲僵直的臉龐直望到了其餘好友們。

這震撼性的消息，著實讓天羽、月翼諸人不知該如何反應，迪恩夫人以看不透的神情佇立數把劍下。

愣了一會兒，莎琳首先回過神來。

「即使彼瑟是完全的地面人，在身分上他仍是繼承了溫可娜的血脈。而且古老家族已成過往的事，跟後輩子孫根本無法牽扯上任何關係。」她的語氣不溫不火，澄透的眼眸直視著迪恩夫人。「妳有沒有想過，你們家族對地面人的看法其實是扭曲的？」

聽到這句話，原本面無表情地注視虛空的迪恩夫人，又重新調回了目光。

「妳有沒有想過，什麼才是艾爾斯家族真正沒落的原因？」不需疾言厲色，莎琳平靜的語氣已讓迪恩夫人神情驟變地望著她。

「你們視溫可娜為家族之恥，但你們有沒有想過，自己的價值觀才是不正確的？就是因為這種思想偏見才會造成家族的沒落？」歐錫德接著莎琳的話說道。

「其實，妳知道，妳早就知道真正的原因。」海薇兒靜靜地開口，凝視迪恩夫人的目光是平靜的。「妳只是拒絕承認，妳只是不敢去正視這個事實，妳只是說服自己不去承認這個事實的存在。這樣的話，錯的還是溫可娜，錯的還是地面人，家族沒落都是他們的錯，所以只要去向地面人復仇，就可以為家族出一口氣了。」

望著這個有著微薄家族血統的地面人女孩，迪恩夫人神情中的銳氣從鼎盛到逐漸消退，她閉上眼睛不願看著眼前這些人。

「迪恩夫人，這不是家族中任何一個人的錯。但整個家族的價值觀和偏見，必然會帶領艾爾斯家族走到這樣的結果。」莎琳接著海薇兒的話，靜靜地說，「不去面對並不能掩蓋事情的真相，找了錯誤的對象復仇也不可能再讓家族重新凝聚——如果，妳真的是想再次凝聚家族的話。」

迪恩夫人不語地望著莎琳及海薇兒，莫測的神情看不出她想的是什麼。眾人靜默了一會兒。

「迪恩夫人，妳是怎麼會有這把刀的？」法蓉忽地開口，目光落在地上的短刀，顯然她也注意到了刀柄上與她的相似的暗紫水晶。

葛夫也望了那刀柄一下，神情微變。

迪恩夫人沒有看他們所指的東西，只是飄忽一笑，一抹雜陳許多難以揭示意味的淡笑。

「月翼族的後代呀，你們難道不知道嗎？」她輕緩地說著，語氣平板，沒有一絲抑揚頓挫，「屬於艾爾斯家族和月翼族的唯一一次……」

「妳是……曾經與月翼族聯姻的天羽貴族？」法蓉從迪恩夫人的話中，已經想起了月翼歷史上的往事。

「聯姻……是的聯姻。」迪恩夫人喃喃地重覆，眼中精光仍是依舊，卻伴以一抹嘲諷似的笑。「我可是艾爾斯家族最忠實的獻身者。只可惜談判破裂，我的聯姻只維持了一個月，不過，我帶走的月翼紀念品看來是沒有人發現過呢。」她抬頭望望葛夫和法蓉，目光落向了法蓉掛在胸前的紫水晶墜鏈，「也難怪，只有月翼有的紫晶石。我那時，帶走的這把短刀可是當時月翼的鎮族之寶。」

她又笑，冷然嘲諷的笑卻是夾雜著一抹蒼涼。

「我的一生，可都是建立在艾爾斯家族的榮耀上。但到頭來，一切還是成了一場空，廢墟一座。沒想到，到最後我還是殺不了地面人。」

聽到了這句話，所有人又悄悄起了防備之心。

但迪恩夫人只是繼續悽涼地笑著，眼神已飄到了遙遠的虛空。

「到頭來，家族是空，榮耀是空，所有的曾經也都化為烏有。」她收回目光，望向了眼前的每一個人，但眸中的銳利冷然已被淒清蒼涼所取代，「也罷。好好過你們的日子吧！你們不會再見到我，我也不會讓你們遇到。也罷，好好過你們的日子吧。」

話未完，迪恩夫人已用極快的動作閃身出了洞穴。

這次沒有人攔她，所有人皆被她語中那悽涼的悲意震懾，默默地佇立原地不動。

而遠處，還有她飄然而去的回音。

「沒想到，到最後，我也是一場空……」

＊＊＊

廢棄的房屋，仍殘留著當年富麗堂皇的遺跡。

勘查了環境後，眾人選定了這裡作為今晚的休息處。即使這些是屬於私人財產，但現在的他們也顧不了那麼多了，營帳在山下，而受傷的恩琪雅需要一個可遮風避雨之處休息。

莎琳落在眾人的後頭，站在屋外凝望著蒼翠但荒涼的山景，水藍色的清眸中縈繞著幾縷深憂的思緒。就這樣靜望了許久，她才收回心神，轉身向屋子大門走去。

一抬眼，望見了佇立門邊的褐鬈髮男子。

「葛夫。」眼見對方似乎亦是若有所思貌，莎琳先開口打了招呼。

葛夫也看見了她，離開倚靠著的門柱向她淺淺一笑。

靜默了一會兒，莎琳欲走入屋內時，葛夫才開口：「我知道過去的事已經無法改變，但對於妳妹妹，我無法說我有多抱歉。」

莎琳望著他，看見他深色的眸中隱含著的濃濃歉意。

「那是小安自己所選擇的，」她輕聲說道，清雅的面容因回想起故人而流露出隱藏的緬懷，「是她所選擇的犧牲，不是任何人的責任。」

「那時的我，一直相信著錯的道理，以為一味毀滅就是成功。直到伊瑟諾安小姐讓我看清，為自己所鍾愛而犧牲，才是如願以償。」葛夫誠懇地說道，神情讓莎琳深深覺得，現在的他真的跟三年前的他不同了。「這件事，仍然是我這些年走訪各地以來，最後悔的。」

「雖然小安不可能再回來，但我相信，她在走時是沒有任何怨恨的。就像你所說，她是真的如願以償。」莎琳望著葛夫，語氣亦是深深的誠摯，「葛夫，你既然回來了，回到了法蓉身邊，那麼就徹底拋開過去的枷鎖吧。雖然沒辦法完全忘記，但至少別再讓過去的事拘鎖了現在的心，這樣才能開始嶄新的生活。」

她停頓了一下，望了望遠方，眼神似乎注入了些許回憶。

「開始嶄新的生活。我們，都是一樣。」

仍舊佇立在原地，葛夫的面龐參了一抹思緒，似乎正細細思索。

莎琳再望了望葛夫，微微點個頭，進屋去了。

從敞開的門灌入清風微微飄起了她的金色髮絲，她淡淡地一笑。

她知道，葛夫懂她所說的。

而我，仍是會永遠懷念我的妹妹，小安。

＊＊＊

屋子二樓的房間裡，海薇兒試著要把囤積在地板上的雜物搬到牆角，正感一個人力氣不足，想去找莫倫或哥哥幫忙時，一抹飄然的暗紫色身影走入房中。

「我來幫忙吧。」法蓉望了望海薇兒，輕聲說道。

「沒關係，我來就行了。」海薇兒想到她的身分，覺得不妥地答道。

「現在的我，只是以朋友的身分來找你們，月翼首領是在月翼谷地裡的事。」法蓉看得出海薇兒想的是什麼，淺淺一笑。

「謝謝。」海薇兒望著她，腦海裡像有千般思緒在輪轉，思索了一下，她這麼問：「法蓉，妳是怎麼能夠完全調整心境？我是說，等了葛夫那麼久，而他終於回來了？」

「有時，連我自己也不相信，我為什麼能夠等下去，為什麼能夠繼續相信。」法蓉停頓了一會兒，「小海——介意我這樣叫妳嗎？」看海薇兒微笑著搖頭，法蓉再續道：「其實，是妳和莫倫帶給我相信下去的動力。記得那一晚妳來找我，而莫倫衝進來要救妳嗎？你們讓我相信了這個世界上仍舊存有真心之愛，讓我相信，我繼續等待下去，總有等到他歸來的一天。」

海微兒已經停下了手邊動作，專心地聽著法蓉的話。

「是你們讓我體會何謂感動，那種真正觸動內心的感動。所以我才會決定站在你們這一邊，完成最終契約。我相信，能夠使我有那麼大的內心撼動的人，一定能夠完成他們所說的期許，比起以往全面的敵視或復仇，也許相信希望是更好的方法。」

法蓉緩緩而述，一貫的淡漠雖然仍在，但海薇兒明白她心底深處所埋藏的溫暖。

「所以妳的希望成真了，他回到妳身邊了。」自從見到葛夫和法蓉連袂而來，海薇兒便深深為他們高興。

望著眼前這始終帶來純淨的少女，法蓉淡淡一笑。

「所以我，等到他回來了。」

所以你，始終記得對我的承諾。我所愛的，葛夫。

＊＊＊

望著褐髮女子清靈的面容，彼瑟不知不覺停住了本來在進行的清理工作。靠坐在絨布椅中闔眼休息的恩琪雅忽然睜開了靈眸，接觸到彼瑟凝視的目光，微愣了一下，脣畔漾出輕輕的微笑。

彼瑟遲疑了一下，眼見現在其他人都在屋子各處忙著整理，他走到恩琪雅對面的另一張絨布椅坐下。

「恩琪雅，妳……為什麼要替我擋刀呢？」

望著彼瑟深切動容的眼神，恩琪雅只是搖了搖頭，脣畔的微笑仍未褪去。

「你也幫過我一次，記得嗎？要去諾斯城的途中，在樹林裡。」

「那個算什麼，妳是為了保護我們才被襲擊呀。」彼瑟刻意輕描淡寫地說。其實他始終記得，那天在樹林裡看到恩琪雅落馬時的那股怒氣、那股衝動，那股說不出理由的擔憂。

「那時要不是你擊退索羅多的話，我們的情況不知道會變成怎樣呢。」翡翠綠的眸子眨了眨，恩琪雅輕聲說著，「我一直記得，你那時忽然衝出去的樣子，完全沒考慮自己的安全。我後來一直在想，如果是我，能不能做到？」

彼瑟只是看著恩琪雅，掩飾住自己內心頓起的波動。

「所以，我很希望，當我想要保護的人有危險時，我能夠挺身而出做點什麼，而不是無能為力地站在一旁，眼睜睜看著他倒下。」恩琪雅緩緩地說，綠色的靈眸中波光閃動。

「我了解。」彼瑟望著恩琪雅半晌，才說道，「我了解，因為我也是有相同的希望。在樹林那天，我也是這樣想。」

恩琪雅亦是靜默了一會兒，才再度開口：「彼瑟，不管你是地面人或天羽人，天羽都可以是你的家。我希望，不論有沒有天羽血統，這裡都可以是你繼續留下來的家。」

「天羽，已經跟我的家一樣了。」彼瑟無絲毫遲疑地回答，「因為，我認識了在地面世界不會認識的人。」

恩琪雅挪了挪靠在椅背上的身子，微微抬起頭望向彼瑟深棕色的雙眸。

「你剛才不是問我，為什麼要幫你檔刀嗎？」

她停頓了一下，柔和的目光停留在彼瑟臉龐。

「因為愛。」

§ *Chapter 15* · 悠歌 §

山間的夜晚清幽寧靜，月華灑下如銀絹的光暈，晚風輕輕緩緩，飄著一襲清幽涼澈。

暫居廢棄華屋內的眾人在稍微清理後，在涼如水的夜色相伴下，不約而同地聚集到了屋子的頂樓天台。

靠在欄杆旁的金髮女子，在凝望著天際潔月一會兒後，溢出了一聲輕嘆。

「莎琳？」身旁同樣倚欄望月的海薇兒，偏過頭輕聲喚她。

「沒事。」莎琳收回凝望的眼神，淺淺一笑，那笑容包含著許多思緒，「只是最近感觸太多了。」

望著那關心地看著她的秀麗少女，莎琳心中微微一暖。也只有她，也只有海薇兒，能夠讓她尋回那與摯愛妹妹相處的溫暖感覺。

「也許，我也一直是跨不過心障的人。」凝思了一下，莎琳溫柔地說著，「離開是什麼？生命的逝去就是離開嗎？如果我一直是這樣看小安的，那麼我才是真正不了解的人。因為小安一直沒有離開。即使她不在我身邊，但她的心一直都在，她愛著大家、愛著天羽的心一直都在。」

望著莎琳澄澈的眼神，海薇兒感覺得出，莎琳心底的枷鎖終於真正放開了。

「我是這麼相信的，她一直都在。」海薇兒輕輕說道，眼波映著一抹柔光，「因為，妳一直是她、也是我，最好的姊姊。」

「謝謝。」

噙著一抹微笑，映在兩人晶瑩瞳仁中的月光，顯得那麼明澈澄淨。

「莎琳，」靜默了一會兒，海薇兒像想起什麼似地轉過頭喚了莎琳。

「嗯？」莎琳微微偏頭望著她。

「妳還記得我曾經提過夢中的那首歌嗎？」

「關於溫可娜的那個夢？」

「對。我好像……能夠了解她歌詞中隱藏的情感涵義了。」海薇兒想了一下，才繼續說：「是不是因為我是真的繼承她的血統，天羽的血統，所以我才比彼瑟更能和她有所牽繫？」

「或許是這樣，或許不是。」莎琳模稜兩可地回答，「但不用懷疑的是，溫可娜肯定是選擇和她心靈最能產生共鳴的人，來傳達她對天羽最後的情感。」

「她的身影，一直是憂傷地徘徊在湖面上或大雪中。不管他們怎麼對待她，她依舊愛著他們，從來都沒有一絲絲改變……」海薇兒輕聲說道，回憶著那帶著哀愁卻又不失希望的悠揚之歌，「她的執著帶著她離開了天羽，卻又牽引她再度回來。但她回來所見的已不再是當初的樣貌，許多的信念情感，已經消逝殆盡了，只剩下苟延殘喘的所謂家族尊嚴，要驅趕她，要將她傾覆滅頂。」

我曾經的摯愛的人們呀……我們再次歌唱。

輕輕詠頌著那深沁人心的歌詞，海薇兒驀地有種欲淚的衝動。

然後，如同上次一樣，突如其來的頭痛又席捲了她。只不過這次較上次輕微，也沒有炙人的竄升感。

但那股痛，似乎縈綣在心靈深處。

她只能無力地，半靠在莎琳肩上，在那溫柔的輕撫下，讓疼痛慢慢平息。

「也許，我們明天應該再去一次洞穴。」

聚坐後方的眾人也注意到了海薇兒的異樣，歐錫德站了起來，走到她們身旁說道。

「再去一次今天的洞穴？」已擺脫痛楚的海薇兒抬起頭來，不太明白地問。

而莎琳那雙水藍色的眸子對上歐錫德，有著微微了然的眼神。

「妳還會被溫可娜遺留的情感影響，代表著她一定還留下了什麼。」歐錫德對海薇兒解釋著，「一定還有什麼是我們沒有發現的，而那個洞穴是最有可能的地方，不然身為少數艾爾斯家族後代的迪恩夫人不會出現在那裡。」

「嗯……」海薇兒聽著歐錫德的話，思索著，殘段的情感仍滯留在她的心底深處。

「我覺得，能夠執著所愛真的不是容易的事……」

望著天際潔月，她緩緩地這麼說。

＊＊＊

晨露仍懸在路旁草上晶瑩欲滴，晨曦仍維持著淡暖偏斜的角度，一行人便離開房屋聚落，出發前往昨日的洞穴。

配合著身上帶傷的恩琪雅，眾人以略微緩慢的速度行走。晨風輕輕拂過每個人的面龐，將山間早晨的清爽飄送給每個人，如此不同以往的閒步慢行，在清新的山徑，倒是別有一番悠趣。

「恩琪雅，妳身上的傷還好嗎？」向前一步與恩琪雅並行著，彼瑟關切地問著，「如果會不舒服的話，就停下來休息一下吧。」

「謝謝，我還可以。」不自禁地心中一暖，恩琪雅帶著微笑回答彼瑟的關心，「休息了一晚，今天已經不那麼痛了。」

話雖這麼說，彼瑟仍是注意到她的手不時會輕按著傷處，柳眉也會隨著動作微蹙一下。

「謝謝妳保護我哥。」海薇兒走到了恩琪雅另一側，淺笑著說：「否則以他的反應能力，現在已經不知道會變成怎麼樣了。」

「小海，妳——」彼瑟一臉想抗議的表情，讓恩琪雅不禁輕笑了出來。

明白兩兄妹要讓她忘掉傷處的隱隱作痛而故作的輕鬆，恩琪雅悄悄地感動。自從答應了莎琳的委託，護送兩兄妹到諾斯城以來，與他們的相處不時帶給她深存心底的溫暖，如漣漪般在心湖波蕩擴散。而她，始終是珍存著這份難得的暖意，以及時時湧現的微小感動。

「我說的是事實喔！」

海薇兒躲過了彼瑟作勢打她的手，但沒忽略他一直注視著恩琪雅的眼角餘光，她輕輕一笑走到前頭去。

「小海，妳現在還會感受到溫可娜的情感嗎？」見海薇兒走過來並肩而行，莫倫略想了一想開口問她。

「嗯。」海薇兒回答，亦是停頓了一會兒，「歐錫德說得沒錯，這裡一定還有溫可娜所遺留的東西，而且在這附近。但我的頭痛已經沒有上次強烈，所以我猜，她留下的東西我們還沒發現的應該只剩這個了——不管這是什麼。」

「妳每次被影響時，都會很不舒服嗎？」莫倫沒有將話題焦點放在這個未知的遺留物上，而是望著她如此問道。

海薇兒偏頭看他，在他的深邃眸子中看到了關心，如同春日微風般溫暖地滲入心頭。

「還好。有莎琳在，她有辦法讓我感覺好很多。」她微微一笑，「還有你呀，我知道你一直在擔心我，謝謝。」

莫倫難得地靦腆一笑，像是心中所思被看穿了一般。

清風緩緩吹起了海薇兒的柔亮黑髮，走在荒蕪山徑，她的心中是深深溫暖瀰漫。

在晨曦中行走了一會兒，一行人便抵達了昨日的洞穴。

一樣地如同鑲在山壁上的小型居室，一樣地踏入後別有洞天。持劍的莫倫、葛夫及法蓉先眾人一步踏入洞穴，確定沒有危險後才讓大家進入；拿著恩琪雅翡翠綠鑲劍的歐錫德則是殿後，以防再有如昨日般的襲擊發生。

所幸，今天的喀特山寂靜如昔，荒煙蔓草掩蓋下是杳無人煙，彷彿昨日的衝突、迪恩夫人的出現皆是已消逝的雲煙夢境一般。

但眾人仍是小心翼翼地走入洞內，對一點風吹草動也絲毫不敢大意。

經過了昨日與迪恩夫人談話的地方，一行人向洞穴深處走進去，意外地發現這個洞穴不只是別有洞天地寬廣，內部更是向深處延展了一段不小的空間。

越往內部走，眾人漸發現歐錫德的推斷為真，這個洞穴似乎真的曾經為艾爾斯家族儲藏重要物品的場所，洞穴深處擺了幾個老舊且佈滿塵埃的木櫃子。

眾人各自開了幾個木櫃的抽屜，卻發現除了灰塵及使用年久的刮痕外，沒有任何可供查看的東西。

「他們……該不會真的把東西都拿走了吧？」關上了另一個塵埃遍佈的木抽屜，彼瑟微蹙著眉說著。

「我不認為他們什麼都沒留下，一定還有什麼的，我相信。」海薇兒仍不放棄地繼續在各個櫃中搜尋著。

而一旁的莎琳已專注在最內部的雙層木櫃許久。

「這裡，可能還有什麼東西。」細心的她不放過任何一個小地方，正試著開啟雙層木櫃上頭一個單獨的小抽屜，「它是鎖著的。」

眾人都靠上前看。莎琳所指的小抽屜上有個形狀奇特的小凹陷處，位置在抽屜的正中央，卻又不太像一般的鑰匙孔。

「這個……難道是……」望著那似鑰匙孔的地方一會兒，法蓉忽然像想到什麼似地喃喃說道。其餘諸人仍未弄清楚法蓉想到什麼，葛夫已與她默契十足地從袋中拿出一樣長形物品。紫水晶的形狀與抽屜上的凹陷處完全吻合。

葛夫把昨日他們收起的短刀取出來，將刀上所鑲的紫水晶對上凹陷處一旋轉，清脆地「喀」一聲，小抽屜便應聲而開。

映入眾人眼簾的，是一個淡雅的鵝黃色信封，封面上以娟秀的字跡書寫著：給我摯愛的人們。望見了這幾個字，眾人已幾乎知道留這封信的人是誰，海薇兒更是莫名地激動了起來。

莎琳取出了信封，小心地打開封裝其中的信紙，將與信封上同樣的娟秀字跡展現在大家面前。

給親愛的你們：

回到這裡的每一天，我都在想，為何我無法少愛一些？我的心被兩個世界牢牢牽繫著，為兩個世界的人們歡笑落淚，為兩個世界的人們憂念掛心——我無法少愛任何一邊。我的心似乎是註定要被撕裂成兩半，堅定向前走的一半擁抱了丈夫孩子，留戀不忍行的另一半眷望著以往的親人。

我無法回頭，卻亦無法放手。

似乎自不知何時起，有一種莫名的牽引力帶領了我對另一個世界的注意。留書出走的一刻我已知曉，我將不會被原諒，我將永遠成為污名，我將再也無法回首得到往日溫煦若朝陽的微笑。我也明白，我對這個世界的依戀不會消失，我將夜夜在夢中回顧往昔溫言展笑的時光，而後在醒時發現眼角所含的濕潤。

我知道，我將帶著永遠不被承認的一份愛過下去。

但同樣地，我也以相同的心對待著另一個世界的家人。他們血液中雖然參雜了百年前攻擊天羽之人的相同基因，卻有著截然不同的溫暖之心，他們關心我一如往昔天羽親族的關心，我對他們歌唱一如往昔對天羽眷族歌唱。他們帶給我的心湖波盪使我相信了，愛沒有任何的不可能。

總是有著遙不可及的希望，希望幸福可以兩邊同存。但我知道無法實現。所以我盡心去擁抱我現有的幸福，以開懷的心去感受我被賜予的——屬於天羽世界的曾經，屬於地面世界的現今。我從不後悔走了禁忌的一條路，在這條路上我發現了前所未有的溫情及希望，即使必須拋棄所珍視的過去，我仍願意走下去，走下去感受更多撼動心湖的幸福。

親愛的天羽家人，即使明白自己不會被你們承認，我仍是好想再看著你們微笑，好想再聽你們說任何一句話，好想再望著冬日夕陽在大家的圍聚之下緩緩沉落。我知道是我的決定帶自己走向另一個方向，所以我無法怨誰，只能在幻想中夢著你們往昔的笑容，夢著再也飛不動的那一雙舊羽。

這一次離去，我將不再回來。但不論過了多少春秋，若哪一天我的地面人後代遇上了天羽親族後代，我的情感桎梏便能被瓦解，如同天羽世界與地面世界的藩籬將逐步消融。

而我，無論在何方，仍是會為著你們，歌唱。

永遠愛你們的　溫可娜

看完了信，眾人皆陷在字裡行間透出的深切情感，以及——唯能用感覺的——屬於愛的執著。海薇兒怔怔地望著鵝黃色信紙，指尖輕撫過整齊秀麗的字跡，覺得心裡似乎在瞬間出現個大洞，卻又在一剎那間展開融合，所有的複雜迷離與茫然不清在彈指間湧出又消逝，同時瀰漫出不知所以的苦澀與釋然。

直到一條淡藍手絹遞到她面前，海薇兒才發現淚水正沿著自己的面頰滾落。

「謝謝……」模糊地說著，海薇兒抬頭望向遞手絹給她的莎琳。

莎琳微笑著搖了搖頭，輕拍了拍她的肩。

「所以，地面人後代已遇上了天羽親族後代，溫可娜的枷鎖可以卸除了。」稍微穩定了情緒後，海薇兒以仍是略為乾澀的聲音說道。

「而天羽世界和地面世界也在我們身上有了交集。」彼瑟接口，「我想溫可娜會想要看到這樣的。」

「嗯……她對兩個世界的愛是怎樣都不會改變，她會一直一直為大家歌唱。」海薇兒輕聲應道，寶藍色的眸中閃著波光。「溫可娜可以無牽無掛了。我覺得，環繞在我身上的那一層情感，好像已經隨著那首歌和這封信而散去了。」

「因為你們幫她完成了融合天羽人和地面人的心願。」莎琳望著兩兄妹，輕聲說道，「即使已經不是她的直系子孫，但只要能看到天羽人和地面人的友好相處，就是她所願了。」

「也要天羽人能接受我們才行。」彼瑟忽然像想到了什麼般，帶著點苦笑，「諾斯城……費洛提堡……」

海薇兒彷彿被他點醒般，睜大了略帶憂心的眸子。

在心念於追尋身世的路途中，大家似乎都忘了費洛提堡還有個評判會，經彼瑟這麼一說，才記起這趟「任務」尚未結束。

「別擔心，你們已經完成月翼族的任務了。」在問明了前因後果後，法蓉真懇地對兩兄妹說，「如果天羽族人還不能接受你們的話，那我對天羽族也太失望了。」她淡淡一笑，望著海薇兒道：「別忘了，小海可是有部分的天羽血統喲。」

「而彼瑟是我哥哥。」海薇兒微笑著接口，對彼瑟眨了眨明眸。

而莎琳和歐錫德在聽了他們的話後，互望了一眼，歐錫德溫暖的眸子望向了兩兄妹。

「所以，」他環視著大家說道，「我們，也該結束這趟旅程了。」

＊＊＊

一陣微風緩緩吹過，使湮過整片山麓的蔓草略微搖動，發出輕微的窸窸窣窣聲，露出掩蓋在其下的鋪石小徑。在高懸天際的暖陽映照下，山徑如同往常般荒蕪寂寥，如同這裡衰敗後的每一個日子般，雜草漸密，人跡漸疏，往昔的歡笑及憂傷皆被淹沒在時間形成的荒山面紗中。

過去的人蹤早已絕跡，但過往的情感卻仍滯留於荒敗的面紗之下，當略有牽繫的人行經此地時，能夠再感受到不該被埋沒的，珍貴的往昔之心。

珍貴的往昔之心，唯有懂得感受的人才能了解。

行在喀特山的荒蕪山徑，天羽、月翼一行人心中充滿了柔軟的感觸。那尋覓的未知在幾天的追訪及意外之中已揭開謎底，而眾人心中以溫暖形成了另一張柔軟的織網，以及釋然的蘊藉，彷彿那美麗的情感已深深滲入每個人心底。

「我沒想到，這趟旅程真的能找到很多東西。」走在碎石小徑上，海薇兒若有所思地說，「不只是任務，不只是追尋，還有一些無形的、只能用心來感受的東西。」

「還找到了妳跟天羽的血緣聯繫。」走在她身旁的恩琪雅微笑地說著。在廢棄華屋中休息了幾天，加上莎琳細心地每天替她治療傷處，恩琪雅的傷已經恢復了不少，能夠跟上大家的速度行走下山。

「不過連累了妳為我們的事受傷。」海薇兒帶歉意地望著恩琪雅說道，「在送我們去諾斯城的時候已經有一次，現在又一次。」

「別這麼說。」恩琪雅搖了搖頭，翡翠綠的靈眸閃著一抹誠摯，「保護你們是我願意的，為彼瑟檔刀也是我所甘願。」

「恩琪雅……妳對彼瑟的感覺是……？」似乎不知該如何問，海薇兒欲言又止了幾次，才語焉不詳地這麼說出。

但恩琪雅聽懂了，她微微一笑，望了望走在前方的彼瑟，眸中有著柔軟的光芒。

「妳了解的，對吧？不然妳也不會這麼問我。」停頓了半晌，恩琪雅才開口，「妳和莫倫不也是？我看得出莫倫一直特別關心妳，他雖然不常說出自己的感覺，但我知道他對妳是特別的。」

海薇兒的眼光不自覺地落向了正和彼瑟交談著的莫倫，頰上泛起了微微的紅暈。

「我想……我想留下來。」沉思了一會兒，海薇兒忽然又開口，「我想留在天羽。只要評判會的結果不會太糟，我想留在天羽。」說到了評判會，她仍是不免微微擔憂。

「別擔心。法蓉說得對，你們為天羽做了這麼多，妳又有天羽血統，還不能接受妳的話也太說不過去了。至於妳留在天羽，我們絕對是百分之百歡迎。」恩琪雅拍拍海薇兒，鼓勵地說道。

「謝謝。只要評判會順利，我會說服彼瑟一起留下來的。」海薇兒望著恩琪雅說，恩琪雅藏在微笑下的一抹憂色並沒逃過她的眼睛。「彼瑟也很愛天羽，他只是……比較放不下以前的世界、以前的生活，即使那裡已經沒有什麼值得我們牽掛的了。」

「嗯……我知道。」恩琪雅緩緩說著，她曉得貼心的海薇兒已經看出她的擔憂，「彼瑟說過，天羽就像他的家一樣。但就算他選擇回去，我也能理解的。」

「不……」海薇兒搖搖頭，懇切地看著她，認真地說道：「我相信他會想留在他已經當成家的地方，想留在他已經離不開的人身旁。」

她望了望行走在他們前後周圍的好友們，明眸在莫倫身上定了幾秒鐘。

「只有天羽，才會有我們離不開的人。」

行至山腳下，一樣是氤氳瀰漫，朦朧的感覺似乎較他們上山時更盛。

踏著蔓生的草木向前數步，他們便找到了上山前所栓繫的馬匹及營帳，一旁多了葛夫和法蓉的兩匹座騎。

「那我們接下來……？」望了望被濃霧所籠罩，似漫無盡頭的前方，彼瑟問著。

「我們到特里爾鎮過一夜，然後，明天就沿著湖岸的方向回去吧。」歐錫德答道。

眾人上了馬向前行。在迷濛漸淡、茵綠漸顯之中，大家似乎都陷在自己的思緒中，望著一大片掠過身旁的廣闊草原，許久皆未有人言語。

隨著瀰海漸行漸近，特里爾鎮已在眾人的前方。

「法蓉和我，要在這裡向大家告辭了。」在轉進特里爾鎮前，葛夫向大家說道，「我們，也必須回月翼族了。」

眾人勒馬在湖畔停下，望著法蓉和葛夫。兩人唇畔皆掛著淺淺的微笑，迎風而立，髮絲和衣擺飄蕩在瀰海吹來的清風中。

由對立變為友誼的關係，再到一同完成這趟尋覓的旅程，天羽諸人早已將兩人視為他們的一份子。如今終於到了必須分開的時候，眾人心中都是驟然而臨的驚愕感，以及對這份特別情誼的濃濃不捨。

「真的很高興能認識你們，跟你們一起經歷這趟旅程、這段尋覓以及所有種種的曾經。」法蓉望著天羽眾人，暗紫色的眸中有著一抹淡淡的不捨，「有些事不是每個人都能體會到，但我很幸運，在這段日子得到了許多的難得與難忘。」

「我想，不只月翼和天羽的友誼能夠持續，我們幾個人之間也一定能將這份特別維持下去。」握了握法蓉的手，莎琳誠摯地說著。

「以後歡迎再到月翼族來，」葛夫的深眸中亦閃著真懇之光，「任何時候。」

「在天羽安定下來後，別忘了給我們捎個訊息。」法蓉向彼瑟及海薇兒說道，淡淡的語氣卻含著她深層的溫暖，「要記得，無論如何，你們都已經是天羽的一份子了。」

兩兄妹重重地點頭，望著法蓉的目光不約而同地帶著些許微妙的感動。

「那麼，」與法蓉互望一眼，停頓了一下，葛夫才再說：「我們走了。」

清風吹起微鬈的褐髮和飄逸的黑髮，但吹不走漾在兩人面上的淺笑，及繾綣眸中的暖意。

他們輕輕拉動了馬轡。

佇立湖畔，望著輕騎上逐漸遠去的兩道頎長身影，天羽諸人的目光一直追隨著他們向前。而高舉的手，直到看不見彼此了，仍是不停揮動著。

§ Chapter 16 · 歸返 §

彌海湖畔依舊吹拂著帶清新氣息的風。

古老的景物依舊，循著老式生活的人們依然跟隨日影的腳步而作息。在古老小鎮中，時間已轉化成了一種綿恆虛空的代名詞，似水流年不停滾滾向前，但日子是穩定而安和，每一天只是重複前一天的過程，然後，純樸的人們便在如此日復一日中得到寧靜的滿足。

穿梭在老式平房羅列的狹小街道，天羽一行人仍是邊走邊觀賞著周圍的古老景緻，但與初次到來時不同的是，此次的心境已卸除了那急切的探求，純粹是以輕鬆的遊覽之心置身於小鎮街巷。

「也許，我們還會遇到之前遇過的人喔。」

把行囊放置於上次曾宿的旅館後，再度領著大家回到街上的歐錫德若有所指地說道。

「歐錫德，你是指……？」彼瑟聞言，不甚明白地問。

「如果我估計得沒錯的話，他應該知道我們會再來……」歐錫德沒有回答彼瑟的問題，而是喃喃地念著這句話。

「難道是……」一旁仔細聽著的海薇兒似乎想起了什麼，與同樣眸光一閃的彼瑟互望了望，但仍是不確定地沒有說破。

而已經洞悉歐錫德思緒的莎琳看了看大家，淺笑著。

「我們到上次的茶館坐坐吧。」

剛踏入茶館的大門，還未落座，門邊小桌旁已經有個人起身向他們而來。略顯矮小的身材、銀灰髮，暗灰袍子隨著快速的動作而微微飄動。

「卡爾先生！」

來者還未開口，海薇兒已經先認出了他。不同於上次只是急於向他打探過往，這次再見到他，海薇兒是抱著一種複雜的、與親人見面的心情而來。

即使，她明白，兩人之間的血緣關係已經是極淡泊了。

「海薇兒小姐……」卡爾的低沉嗓音似乎有些顫抖，他望向海薇兒的目光參雜著某種複雜的光芒。

「你是……我們是……親戚吧……？」海薇兒的聲音亦是微微顫抖，寶藍色的眸子含著些怯意，但仍是抬首直視著面前的卡爾。

「妳都已經……知道了？」卡爾望著海薇兒，眸中有著隱藏的激動卻又交雜著幾許釋然。他看了看彼瑟，「你們遇到迪恩夫人了？」

「是。所有的事情我們都知道了。」彼瑟一慣沉穩地回答。

「其實，迪恩夫人不知道，她所曉得的我也都曉得。她以為只剩下她一個人知道，但其實安格法曾以極私密的方式傳給了他的直系後代。」卡爾望見兩兄妹欲解釋的神情，淡淡一笑開口說道。

「可惜我們並沒有血緣關係，我並沒有真正的天羽血統。」彼瑟輕嘆道。

「不……溫可娜會很高興的。」卡爾的語氣罕有地略為激動，「這是她所願，也是安格法所願。血緣關係算什麼，你已經是溫可娜家庭的一份子了，所以自然也是我的親人之一，我現在已經所剩不多的親人了啊。」

望著卡爾深切感嘆的神情，兩兄妹互望一眼，一時不知該接什麼話。歐錫德領了大家在一張圓桌旁坐下，伸手招呼侍者點了一壺茶。

「我很抱歉，上次我隱瞞了一些事情。」

坐定後，眾人略沉默了一會兒，卡爾才開口說道。

「我們這些知道事實的少數直系子孫，當年都曾經對安格法承諾，永遠不對任何人透露這一段過往。我只好隱瞞我的身分，才不用由我來重提當年往事。」他輕輕嘆了一口氣，「其實，我真的覺得這些事不應該一直被埋沒。誰能保證所有人的看法、觀點都是一樣的？誰又能知道，現在的天羽人對這件事是否仍會像當時的人一樣排拒？」

「至少在你面前就有幾個天羽人從未排拒。」在卡爾停頓下來時，歐錫德淺淺一笑，接了他的話。

「我知道。」卡爾說道，神情略為放鬆了，「所以我才願意告訴你們除了那件事以外，其他我所知道的；所以我才在這兒等，希望能再見到我難得的親人，我難得的兩位親人。」

「謝謝……」彼瑟聽著他所說，語氣略為感嘆，「其實在地面世界，我們也已經沒有什麼親人了。不論是否真的屬於這裡，我都很高興能在天羽再次找到和自己有關係的根源。」

「我也是。」帶著淺笑點頭，海薇兒簡短地附和著哥哥的話。

「這樣就好。我會一直住在這裡，偶爾到當年我的祖先安格法和溫可娜住過的地方待幾天。往事雖然已隔著一段遙遠的距離，但終究是存在，不會消逝的存在。緬懷對我而言，就像一種冠冕儀式，雖然是不能對人言的冠冕。」卡爾淡淡微笑，「歡迎你們有空也能常到這裡來。」

「會的。我們會的。」

海薇兒以肯定的語氣回答，彼瑟亦是連連頷首。

「天羽是個很美的地方，但美麗不代表一定不會有殘破。」卡爾的神情隱約閃過一絲寂寞，「對於一個殘破的家族而言，像我們這樣能找到彼此，就已經足夠了，很足夠了……」

隨著卡爾漸漸沉落的尾音，一縷輕煙正自剛送上桌的茶壺冉冉飄升。

＊　＊　＊

再次見到谷地平原上的雅致城市，兩兄妹仍是如初見時那般，被讚嘆的情緒盈滿。

在不同時節中，同樣的諾斯城顯現出的是截然不同的面貌；光是一天中破曉及薄暮間的時光，就足夠這繁盛幽雅的主城展現出各帶風貌的千般姿態。縱橫房舍依舊，往來行旅依舊，但每一天、每一時、每一刻，美麗的山間寶石始終以不同的面貌給遠道而來的人另一次驚艷。

初來時是彩霞燦舞的向暮，再訪時是晨曦甫昇的破曉，在無聲的讚嘆中，彼瑟和海薇兒再次感受了諾斯城的另一襲風采。

如同前次來一般，一行人在城入口便下了馬，徒步走上聳立前方小丘的瑰麗城堡——諾斯城的議事堂，也是第二次評判會將要舉行的地點——費洛提堡。

「莎琳，費洛提堡那裡……麥格斯大人那裡，已經知道我們回來了嗎？」跟隨著眾人緩步而上，兩兄妹互望了一眼，彼瑟略遲疑地開口問了莎琳。

即使知道情況對他們是有利的，但一思及不久便要舉行的評判會，兩兄妹仍是不自覺地忐忑不安，那佇立山丘的城堡彷彿雕工精細但沉重的刻石般，壓墊在他們心頭。

「嗯。我之前已經派信給麥格斯，所以他應該是曉得我們回到主城了。」莎琳回答。看出了兩兄妹的惶然不安，她微微一笑，美麗的藍眸中是始終不變的溫暖，「要相信自己。只有相信了自己，才能讓別人也去相信你們，才能讓反對你們的人看到你們所作的努力。」

「要相信自己的心。」莫倫接了莎琳的話道，語氣是滿滿的堅定。

「而我們，都會跟你們在一起。」恩琪雅再接著說，翡翠綠的眸子閃著靈動的光芒。隨著她的話，其餘諸人皆微笑著向兩兄妹點點頭。

望著始終陪伴著他們的四人，彼瑟和海薇兒感覺那懸在心頭的大石似乎輕了許多。

沉靜了心神一會兒，海薇兒抬首望了望已漸行漸大的費洛提堡。

「每件事，都是因為相信，才能夠繼續前行的。對吧？」

回過頭，接收到莎琳溫暖的微笑，海薇兒輕輕眨眼，給了她一個燦爛的笑容。

＊＊＊

方桌前的褐髮男子依然是嚴謹的神情，唯有深眸中偶然透出的明亮光芒顯示了見到他們歸來的讚許及欣慰。

乍聞敲門聲時，他毫不遲疑地起身開門，未發一語便先請六人坐下。

此時正是朝陽初昇，一天的活動起始之時。但習慣清晨即起的他早已衣著整齊地端坐自己辦公桌前，面容絲毫未見甫離開睡眠的倦意。

如同過往每一日的晨起，但不同的是，今日有他所等待的人們歸來。

「麥格斯大人，我們已經完成了您所交付的任務。」在方桌前坐定後，彼瑟望著麥格斯，鄭重地說。

「並且找到了屬於我們真正的身世。」海薇兒接在彼瑟之後，微微一笑說道。

麥格斯望著他們，目光中有著微揚的暖意，以及深切的肯定。

「如同你們出發時所說，全天羽要謝謝你們。」他點了點頭，明澈的眸子深深望著他們，「很高興你們找到了與天羽的根源。」清俊的面龐出現了一絲淺淺笑容，「晚一點有空時，記得把一路經過講給我聽。」

「當然。」海薇兒毫不猶豫地答道，面對這位越漸熟稔的天羽統領者，她了解那隱藏在嚴謹面龐下的平易近人。

「麥格斯大人，那麼……評判會……？」彼瑟略停頓了一下，仍是開口問道。他的目光與海薇兒一接，再一同望向麥格斯。

「我已經安排好了。你們稍微休息一陣子後，在上次的地方舉行。」麥格斯沉穩地回答，「別擔心，我相信幾乎所有人都是站在你們這一邊的。」

海薇兒與哥哥再互望了一下，都不再問下去。在眾人的鼓勵下好不容易稍微收起的擔憂和忐忑，他們不希望因為知道太多而又再度滋長。

「莎琳，辛苦妳了，和月翼族的任務都是由妳帶領完成的。」麥格斯轉向海薇兒身旁的莎琳，懇切地說。

莎琳淡淡一笑，她曉得麥格斯沒有明指出的是哪兩次任務。她只是輕搖了搖頭，將所有過往皆留存在記憶中，此刻的她已能釋然地回首。

「我只是，照著我的心意去做而已。」

溫柔的目光一轉，與歐錫德的深眸對上，莎琳知道歐錫德完全了解她的心境，以及那終於釋放的桎梏。

小安小安，我可以替妳卸下這個擔子了。

「因為莎琳一直是對我們最好的姊姊。」望了望身旁的清雅女子，海薇兒帶著微笑開口說道。

莎琳仍是溫婉地淺笑，看著海薇兒的眼神一如看著當年的小安。

因為我知道，在我心中，妳並不會真正離開。

我的妹妹。

「所以，無論如何我們都要先迎接使者們的歸來。」

＊＊＊

在與前次相同的偌大廳堂中，一樣的環席坐滿了低語交談的群眾，廳室中央長席的座中人也依舊是裝扮不俗，在大理石桌的襯托下，顯得較一般群眾更為優雅高貴。

唯一不同的是，在長席盡處的麥格斯開口之後，不再參雜有上次的冷然審視，幾乎所有人皆一致地鼓掌，更有人帶著笑容朝他們的方向直點頭。

幾乎所有人。只除了長席右側最末位的一抹棗紅色身影。

琵碧娜面無表情地注視著他們，兩臂交叉在胸前，並不鼓掌，深幽的眼眸向著並肩而坐的歐錫德和莎琳冷冷瞥了一眼，隨即別過頭去。

知道了這滿身驕氣的女子所敵視的原因是什麼之後，彼瑟及海薇兒沒有在意她的冷然注視，與身旁的天羽好友們一同對熱烈鼓掌的群眾回以微笑。

迴盪的掌聲持續了一會兒，直到麥格斯再度起身。

「那麼，各位，今日就是我們評判這兩位貴客是否真的是天羽的朋友，是否真的不同於過往入侵者的時刻了。」沉著嚴謹的目光環視了周圍一圈，麥格斯才再續道：「我想，彼瑟先生和海薇兒小姐對天羽的貢獻，是大家都有目共睹的。他們與幾位天羽使者成功地完成了對月翼族的任務，並使兩方化敵為友。而且，就我剛剛所言，他們也並不是完全的地面人。」

說到這兒，麥格斯停頓了下來，目光飄向了長席兩側。

一名灰髮男子舉起了手，麥格斯向他一頷首。

「麥格斯大人，各位，」男子向周圍微微一彎身，「誠如麥格斯大人剛才所說，彼瑟先生和海薇兒小姐完成的不是一般的任務，那是對我們天羽族意義重大的一次對外行動，整整延續了三年之後，由他們兩位來帶給我們最完美的一種結束。這是，除了當年的伊瑟諾安大人之外，沒有其他人能夠完成的。」

「我同意斐亞先生的話。」在灰髮男子言畢坐下後，一名裹著黑絨披肩的女子起身，向麥格斯及群眾微微行禮，「締結天羽族和月翼族的友誼，是三百年內從未真正達成的事。我想，光是這一點，就足以抵過他們兩位有著曾經侵略天羽的地面人血統這一層了。何況，他們還不算完全的地面人，海薇兒小姐甚至有著天羽血統。接納與天羽有淵源的朋友，我想對我們而言並不是困難的事，更不會是有害的事。」

在女子語畢落坐後，四周即響起一片低語的嗡嗡聲，不論長席或周圍環席的群眾，皆是點頭贊同者居多。

等到低語聲漸緩後，麥格斯環視了一周。

「如果大家都沒有其他意見，那麼，我在這裡宣布——」

「等一下！」

麥格斯的話尚未說完，便被一個尖銳的聲音打斷。

眾人略為譁然，平時的天羽重要集會，是從沒有人敢打斷統領者的話。所有的目光頓時匯集到出聲處，夾雜著幾抹對破壞秩序不諒解的眼神。

「等一下。」

一抹棗紅色的身影站起，琵碧娜銳利的目光直直射向了兩兄妹，但開口時聲音卻明顯地帶著驕氣。

「若這樣斷定他們對天羽無害，是否太草率了一點呢，麥格斯大人？除了這幾位天羽人——」她的目光輪流掃過兩兄妹身旁的天羽好友，而後眼神始終不離歐錫德和莎琳。「——之外，並沒有其他有足夠身分的人可以證明他們這一趟的過程都為真；當初是莎琳小姐發現他們、帶他們來的，誰知道這一切是不是真的？」

「虛偽。」聽到琵碧娜一句句鋒芒畢露的話語，恩琪雅小聲地低語了一句，翡翠綠的眸子睥睨地瞥了她一眼。「以為自己為的都是族中公事，誰不曉得她真正的居心？」

聽著恩琪雅的低語，莫倫、彼瑟、及海薇兒亦是鄙視地望了琵碧娜一眼。

而坐在恩琪雅身旁的莎琳則是安撫地按了一下她的肩，比了比另一側的歐錫德，表情是明亮的信心。

在廳內眾人竊語四起的情況下，歐錫德站起身，直直向前走到了廳中央。

由於某種自然而然的氣勢，歐錫德在廳室中央站定後，群眾皆噤聲了。

歐錫德先是向麥格斯鞠了一個躬，而後舉起了手中一直握著的東西。

「也許有些人會質疑只有我們幾個所說是否真實，那麼請各位看看這個。這是月翼族首領親筆寫下的文件，裡面詳細敘述了兩位地面人前去完成任務的過程，以及追尋身世的旅途——是的，在我們締結友誼之後，他們就跟我們在一起。」他向前幾步，將文件以雙手交給長席首位的麥格斯。「我現在請麥格斯大人親自為我們鑑定。這裡面印有月翼族傳世的首領圖章，是世間僅有，無法仿造的。」

他退後到廳中央，眼神迅速掃過四周一圈，沒有漏掉以怨恨眸光望著他的琵碧娜。

「我想，身為以純潔美善著稱的天羽人，各位應該有足夠的智慧。」他抬起頭，深藍色的眸中盛滿明淨的光芒，「有著足夠的智慧，足夠的、能夠判斷的智慧。而且，更重要的是，相信自己的判斷。一路跟著兩位地面朋友走過這一段，我相信自己看到的是他們無私的表現，真的為了天羽、愛著天羽的貢獻。如果不是從小生長在這裡的他們都能夠做到，那麼為什麼各位不能？」

微微偏頭，他的明澈目光直直望入了琵碧娜眼中。

「如果因為個人的私心、或個人情緒而否決了這樣的努力，甚至將完全無關的怨恨發洩到不相關的人事物身上，那麼這樣的行為，於我、於現場所有具有足夠智慧的人眼中，都是得以鄙視的。」

沒有迎視他的目光，琵碧娜緩緩低下了頭。

她知道歐錫德是說給誰聽的。

她知道，自己，已經永遠不可能贏得他的敬慕了。

從來都是驕貴造作的眸中，首次出現了愧色。

在她的思緒飄遊期間，歐錫德已走向了麥格斯。

麥格斯將文件交還給歐錫德，鄭重地，對他、也對廳內所有人點了點頭。

「我希望，天羽仍然是一個純淨的地方，天羽人仍然有著美善和智慧。」起身望著全廳群眾，麥格斯的眸中有著一絲光芒，語氣平靜但有力。「我現在宣布，彼瑟先生和海薇兒小姐永遠都是天羽的朋友；如果兩位願意留下來，那麼，永遠都是天羽的一份子。」

雙雙抬頭望著麥格斯，兩兄妹的微笑中皆帶著喜悅及感激。

而後，他們被周圍忽起的巨大掌聲給嚇了一跳，但隨著環視四周，很快地微笑又回到他們的面龐。

掌聲持續，久久不歇。

那是他們所聽過，亦是在場所有人所經歷過的，最熱烈、最漫長的掌聲。

＊　＊　＊

「我會的。」

在費洛提堡雕飾精緻的迴廊上，望著一路一起走過的好友們，海薇兒輕聲但堅定地說著。

「我願意，留下來，留在天羽。」

偏頭向身旁的明朗青年，海薇兒悄悄地牽住了莫倫的手。

莫倫只是微笑地望著她，但在兩人交握的手上微微加重了力道。

「妳早就是天羽的一份子了，小海。」莎琳輕聲道，美麗的藍眸中是一抹溫柔，「妳早就是，比完全的天羽人更像天羽人了。」

「謝謝妳，莎琳。」海薇兒脣畔漾著笑容，眸中是真誠的光芒。她向前一步，給了莎琳一個深深的擁抱，「謝謝妳，一切的一切。從開始──到現在，從這一路走來。」

莎琳亦是帶著很美的微笑，溫柔地拍了拍海薇兒。

而後，海薇兒才注意到一直不語的哥哥。

「彼瑟，那你呢？」

但彼瑟迴避著眾人的目光，望著地面，仍然不語。

「你難道不想留下來嗎？」海薇兒語氣中添了一絲急切，她注意到了一旁恩琪雅眸中漸次加深的憂色。

看著不語的彼瑟，恩琪雅亦是沒有開口，但微蹙的眉、以及輕囓的脣，已經洩漏了她的擔憂。

「彼瑟？」海薇兒再喚了哥哥一聲，語氣中急切更盛。

「小海……這不是能夠馬上決定的事。」彼瑟仍是迴避著妹妹、恩琪雅、以及眾人目光，支吾地說了這句話。

「難道……你不愛天羽嗎？」海薇兒直望著哥哥，難以相信地說，「地面世界已經沒有什麼值得我們掛念的了。我已經決定要留下來，你還……不能確定嗎？」

「小海，我是……我是地面人。」仍舊望著地面，彼瑟說這句話的語氣含著沉重，「我是完全的地面人，不像妳……不像妳有天羽血統。」

「我相信，沒有人會在意的。」海薇兒搖了搖頭，微蹙著眉說道。「我們兩個是一樣的，沒有人會在意你是不是完全的地面人。」

「經過了你所做的，沒有人會在意你有的是天羽血統還是地面血統，只要你是你，只要你是彼瑟。」歐錫德接著海薇兒的話說。

一旁的眾人亦是帶著微笑，對彼瑟肯定地點頭。

「我需要……再好好想清楚……」彼瑟卻仍是逃避的語氣，始終沒有注視大家。

轉頭望了望恩琪雅越顯濃厚的憂色，海薇兒踏了一步到哥哥面前，讓他看著自己。

「彼瑟，天羽……難道沒有你離不開的人嗎？」

彼瑟一震，抬頭看著妹妹，而後，轉頭望見了恩琪雅眼中希冀的神情。

眾人亦是不自禁地望了望恩琪雅。

彼瑟怔了一會兒，忽然轉身，向迴廊另一端快步奔走。只丟下了一句話：「對不起，讓我……好好想想。」

「彼瑟——」

海薇兒仍試圖要攔住哥哥，但恩琪雅拉住了她。

「算了，小海。讓他好好想一想吧，他有……他自己的選擇。」

隨著語聲的微微顫抖，海薇兒抬頭，望見了恩琪雅頰上晶瑩的淚滴。

§ Chapter 17・天空中漫飛的白羽 §

當深沉的夜幕籠罩了費洛提堡，一切的活動逐漸靜止，寧柔靜謐逐漸牽引人們卸下一日的疲憊，在高聳瑰麗的城堡守護下，醉入夢的織網。

但在仍有著熠熠燈火的迴廊盡頭，卻有一抹身影正凝眉踱步。

「彼瑟。」

順著迴廊向前，莫倫很快便找到了獨自沉思的彼瑟。望了望似乎深陷在思緒中，絲毫未察覺自己到來的彼瑟，莫倫開口喚了他。

彼瑟微微抬了頭，看到他，露出一抹淡淡的微笑。

淡淡的，但也只是一瞬。

很快地，微笑隱沒，他的眉頭不自覺地又深鎖了起來。

「彼瑟，」將視線從窗外燈火稀微的諾斯城夜景調回，莫倫直直望著彼瑟的深眸說著：「我知道，在尋訪身世後，發現自己是完全的地面人，而你妹妹卻不同，不是一件容易接受的事；我也知道，在這樣的情況下，要不要留下來是一個困難的抉擇。」

停頓了一下，莫倫向前踏了一步，看著彼瑟的目光是懇切。

「你是小海的哥哥，你應該感覺得到，我對小海……並不是只有一般朋友的情感。我不敢想像，要是小海說要離開，我的感覺會是什麼。當有一天你忽然發現你的心不再只是自己的了，你的生活也不再只有自己，但那擁有你心的人卻忽然要從你的生命中走出——而且是永遠地走出，那麼，你的感覺會是什麼？」

彼瑟已抬頭望入莫倫深邃的眸中，雖仍然沉默不語，他已隱約知道莫倫要告訴他什麼。

「那是，不論你多想淡忘，這一輩子你都不可能忘記的痛。因為，心已經不完整，生命已經不完整。」

看見彼瑟專注地聽著他的話，莫倫再繼續往下說。

「彼瑟，我從小就認識恩琪雅，我知道她的執著。她一旦認為是對的事，不管有再大的阻礙，要面臨再大的困難，她都會去做、去完成——就像這次她從開始就毅然決然陪著你們完成這一切一樣。同樣地，她認為是對的人，她也會以同樣的執著去追尋，而且，會投入她的全心——無法輕易抽離的全心。」

聽到了恩琪雅的名字，彼瑟沉重的面容不自覺地融入一抹柔光，但又交織著幾許掙扎不安。

「莫倫，我……」

開口，但欲言又止。

莫倫把這一切都看進眼底，他的臉色柔和了些，誠懇地望著彼瑟。

「彼瑟，會因為你離開而傷心難過的人，在天羽，不在地面世界。」

＊＊＊

夜晚的星光燦爛，但寂靜。除卻了白日的喧囂人聲後，極度的寧靜卻含著一絲寂寥。襯托寂寥的是凝視星空的幽幽眸光，來自一雙翡翠綠的靈動眼眸。

「恩琪雅，我相信，彼瑟不會放棄妳的。」

緩緩走到恩琪雅身旁，海薇兒將手放在她的肩頭，柔聲說道。

「不管他作什麼樣的決定，我都會接受，我都只能接受。」回過身，給了海薇兒一抹虛弱的微笑，恩琪雅輕輕搖了搖頭。「如果這些日子的情感證明不了什麼，如果，曾經撼動心靈的感動代表不了什麼，那麼，我也不會想再挽留什麼，我也不會，再試圖追尋我以為已經得到的永恆。」

眼神飄落到星子沉落的地平線，恩琪雅的面容有一絲夾雜著哀愁的堅毅。

「即使，要以一輩子殘破的心為代價。」

隨著那透著幽光的綠眸，海薇兒沉默了一會兒，目光亦隨著飄遊到遙遠的地平線彼端。

而後，她微微偏過頭，專注而真誠地望著恩琪雅。

「記得我們這趟旅程一直堅持下去的信念是什麼嗎？記得我和彼瑟剛到這裡的時候，妳和莎琳盡一切能力保護我們嗎？記得前往月翼族完成任務時，是什麼力量一直支持著我們前進嗎？」柔聲但堅定地說著，海薇兒的眸中有著一抹光芒。「是希望，因為我們一直不放棄希望。」

恩琪雅已轉過頭來凝視著她，似乎又回想起了這一路走來。

海薇兒停頓了一下才再開口，但專注和真摯的神情不減。

「即使在看不到答案的時候，即使在沒有選擇的時候，依然要繼續相信；因為，唯有相信，希望才會存在。」

聽著海薇兒的話，恩琪雅若有所思地輕輕點頭，那抑鬱的灰容彷彿稍稍恢復了顏色。

正要開口，前方傳來了輕微的腳步聲。

兩人互看了一眼，恩琪雅面上藏不住的喜色沒有逃過海薇兒的眼睛，海薇兒微微一笑。

隨著腳步聲漸近，一抹清朗的身影出現在兩人面前。

「恩琪雅，我決定要留下來，留在天羽。」

彼瑟在恩琪雅面前站定，清晰且毫不遲疑地說。

「對不起，讓妳擔心了。」握住恩琪雅的雙手，彼瑟的面容有著愧悔交織著堅決，「我已經決定了，我要留在天羽，留在我真正愛的這個地方。」

恩琪雅看著彼瑟，翡翠綠的靈眸中閃著盈盈波光。

「我不會離開。因為這裡有，我永遠都離不開的人。」

彼瑟將她的手握得更緊，字字是發自內心的堅定情感。

恩琪雅試著開口，但出口的已不是完整的聲音，綠眸一眨，一滴淚落了下來。

望著兩人相擁，海薇兒的脣畔漾著一抹笑，向迴廊另一端走去。

只要相信希望，永恆，是不會背棄妳的。

＊＊＊

「所以，我決定留在天羽。」

掛著一抹堅定的笑容，彼瑟望著面前朝夕相處的好友們，緩緩說道。

恩琪雅目光中帶著閃耀的光芒，一雙靈眸始終不自覺地停留在他身上；海薇兒和莫倫互望了一眼，相視一笑；莎琳脣畔掛著微笑望著他，依舊是清雅柔美，但欣悅後似乎藏著一抹其他的情緒；歐錫德一貫的溫暖笑容，只是點了點頭。

「我想，我沒有辦法過從此見不到你們的日子。」彼瑟停頓了一下，語氣是柔和的。「我想，不一定從小居住的地方才是家，真正的家，應該是擁有牽繫的人，擁有牽繫的情感，心所屬的地方。」

「天羽，永遠都可以是你的家。」拍了拍彼瑟的肩，莎琳輕聲說著，「只要你覺得是你真正所屬的地方，就是你的家。」

看著隨莎琳的話而點頭的大家，彼瑟心中昇起了一股濃濃的暖意。

「謝謝你們，我的天羽家人。」

愉悅的氣氛蔓延一陣子後，莎琳緩步到窗前，凝望窗外的水藍色清眸卻參著幾許淡淡的惆悵。任眼神定格在遠方的某處，半晌，她才回過身來面對著大家，目光悄悄飄向了靠著牆站在眾人後方的歐錫德。

他的脣畔，依舊掛著一抹微笑，而眼神是深幽，似乎曉得莎琳接下來要說的是什麼。

「我很開心，在天羽我們又多了兩位家人；我也很欣慰，所有的事都圓滿結束。」莎琳的語氣，依舊是輕柔而清晰，「但這也代表我們應該動身離開諾斯城，有一位夥伴，也要離開我們了。」

美麗的藍眸，再度飄向了靠立牆邊的英挺男子。

「歐錫德，也要繼續他遊歷四方的旅程了。」

＊＊＊

溫暖的晨曦輕覆上大地，諾斯城的天空如往常每一個晴朗的日子般，澄藍清澈。

如同莎琳凝視著前方清幽小徑的眼眸，雖覆蓋著一層淡淡的情緒，但那純淨溫柔的美眸深底，依舊是，澄藍清澈。

在諾斯城的入口處，歐錫德已經先行牽好了馬匹，正將隨身行囊物品一一安置上馬。

「歐錫德，你真的……不能先跟我們一起住一陣子嗎？」

跟大家一起幫著遞上行囊，海薇兒拿東西的手停頓了一下，略為遲疑地抬起頭問了歐錫德。

聽到了她的問題，彼瑟和莫倫停下了手邊動作，抬頭望著歐錫德；恩琪雅亦是被吸引了注意力，但她似乎明白著什麼，略帶惆悵地淡淡一笑，繼續著綑紮行囊的工作。

而莎琳，依舊仔細地檢查著各項物品，沒有轉頭。

「小海，」歐錫德將手上物品放下，向前幾步到了海薇兒身畔。「我自己的旅程必須繼續下去，但我永遠不會忘記跟你們大家一起走過的這一段，這是我所擁有過，最精采、最繽紛的時光。」

那深邃的眸子、和煦的笑容如同灑在他們身上的晨曦一般，是不變的溫暖。

「請妳放心，這樣的時光不會成為過去式，也不會只有這唯一的一段。很快，我一定會去找你們，也許我們大家可以再一起創造下一段旅程。」

溫暖的眼眸逐一在面前的好友身上停留，歐錫德望回海薇兒，眼神是慎重的許諾。

「很快。我保證。」

海薇兒笑了，點了點頭。自從在月翼族見到歐錫德以來，她從不懷疑他所說的任何話、所做的任何事。他永遠是個沉穩可靠的兄長，在徬徨無助時，只要一回眸，總是可以看見他安定心靈的笑容。

現在，亦是。

抬首，看到不知何時已望向他們這裡的莎琳，正了解般地淺淺一笑。

等行囊物品都準備妥當，便是歐錫德要先行啟程離去的時刻了。

深摯地握了握每個人的手，歐錫德來到莎琳面前。

沒有多餘的言語，兩人只是給了彼此一個深深的、溫暖的擁抱。

然後，跨上馬，在好友們的目送下，歐錫德沿著小徑緩緩前行。清暖的風微微吹起他的衣袍，咖啡色的鬈髮隨風飄揚著，屬於他那自然和諧的氣息，始終不曾消散。

望著那高挺的身影漸漸遠去，莎琳的淺笑依舊沒有褪去。

她知道，風是漂泊的；雖不會永遠停留，但也不會永遠離去。儘管足跡遍佈四方，但總不會忘記所擁有的歸處。

而她，是這漂泊之風的歸處。

晶瑩的淚珠仍無法避免地緩緩滑落，但輕漾在她唇畔的，是一抹美麗的、燦爛的微笑。

凝望著歐錫德遠去的方向半晌，佇立最前方的莎琳首先回過神。轉身面對身後的四人，她的美麗微笑依舊。

「我們，也該踏上我們的歸途了。」

隨著她的話，四人才拉回了心緒，將眼神自遙遠的彼端拉回眼前。緩緩地走向後方馬棚準備牽出自己的馬，地上尚有還未安置上馬匹的行囊。

「莎琳，那我們……」一邊安上馬鞍，海薇兒的目光飄向一旁的莎琳，思索了一下才繼續問道：「那我們……接下來要往哪裡去呢？」

「恩琪雅還有她的職務，必須回到東域他們家族領地，也是莫倫的家人現在居住的地方——那裡離我住的谷地很近，步行就可以到達。」莎琳手上的動作沒停，微微偏頭望著海薇兒，輕輕一笑。

「而妳和彼瑟如果願意的話，就來我那兒一起住吧。我的房子雖不算大，但還是有足夠的房間的。」

「我們當然願意。」想到能夠住在那清幽寧靜的優美谷地，更重要的是能跟清雅溫柔的莎琳同住，海薇兒不禁重重地點頭，伴隨一抹深深的笑容。「謝謝妳。那裡是我所見過最美、最舒適的地方了，我好喜歡那裡！」

「我也是。」彼瑟聽著，欣喜亦是盤據在他的臉龐。「謝謝妳，莎琳。」

莎琳微笑地望著他們，輕輕搖了搖頭。

「不用謝我，我也很高興能有你們作伴呀。我和小安沒有其他親人，我們從很小就是單獨住在那片谷地，直到後來遷到諾斯城。但自從三年前離開了費洛提堡，我一直是一個人住在那裡。」

看著與伊瑟諾安極為相像的海薇兒，莎琳知道自己心底仍是有對昔日的眷戀，邀請他們來同住，在不自覺中有著對過往的彌補。

海薇兒了解，但她什麼也沒提起，只是給了莎琳一抹甜美的微笑。

一陣清風吹起，依舊是，溫暖如昔。

＊＊＊

在天羽的日子，始終如同谷地清風般舒適怡人。清幽純淨的美景始終能趨走積壓心內所有的煩塵雜務，泠泠溪澗的流聲總是能使每一顆浮動的心沉靜下來，啁啾鳥鳴伴著如茵綠草，彷彿一來到這裡便能使思緒淨空，餘下輕緩寧靜的身心，沉浸在綴著絲絲雲靄的蔚藍天空。

住在莎琳藍瓦白牆的優雅小屋，彼瑟及海薇兒感覺每一天都是清新的。每一次睜眼、每一瞬呼吸、每一刻聆聽、每一踏步伐，飄入感官的皆是清幽寧靜的氣息，而屬於天羽的純淨祥和也在不知不覺中深沁入他們心底。

一起經歷了那趟旅程的夥伴們依然維繫著相當深刻且綿長的友誼。居住在附近的恩琪雅和莫倫每幾天便來谷地拜訪，沒有其他雜務時，更會直接在谷地住個幾天才回去，而莎琳看似儉樸的小屋也總是神奇地會有足夠的房間給大家住宿；歐錫德實踐了他的諾言，真的沒過多久便出現在莎琳的谷地，雖然他每次待的時間都不會很長，但不定時的來訪，反而更能帶給好友們無預期的驚喜。

他們至少一年會去拜訪月翼族一次。法蓉和葛夫的友誼對他們而言是無法取代的，他們在月翼族的每一天總是充滿了愉悅與精采，熱誠招待更是不在話下。而每當一趟拜訪終了，兩方總會期待並約定下一次的相聚，且將每一次的聚會視為一年中最重要、也最期待的愉快泉源。

六人並會順道於回程時在特里爾鎮停留幾日。在古樸街道間回憶著那段尋覓身世的旅程，在舊式茶館的茶香與煙騰中重溫古老氛圍，更會與卡爾一同前往湖中島溫可娜曾居住的小屋，再次讚嘆著那幅雪中漫舞的畫作。

天羽的生活，每一天，都是一襲新的璀璨。

某個晴朗舒適的午後，六人再度聚首在莎琳的清幽谷地。

天是心曠神怡的澄藍，伴以絲絲如絮如綿的雲靄，微風輕柔地拂過每個人的面龐，青蔥山巒間鳥鳴悠悠。

仰望著蔚藍天際，海薇兒不自禁地綻開了一抹微笑。

「當初，尋找祕境真的是對的。」若有所思地，她輕聲開口，「沒想到，我們能夠找到了被掩蓋的身世，找到了純淨與祥和，找到了不可取代的友誼，找到了一個家。」

「還找到了前所未有的快樂。」彼瑟補充，明澈的目光在美景與圍繞的人們之間游移，「我很慶幸我留了下來，留在我們真正所愛的天羽。」

望了望真心感嘆著的兩兄妹，莎琳優雅一笑。

「你們知道『天羽』命名的起源是什麼嗎？」

看著他們互望了一眼之後搖頭，以及一旁微笑靜聽的三人，莎琳水藍色的眸中是一抹清澈溫柔的光芒。

「在老祖先的意念中，天羽，就代表著，天空中漫飛的白羽。」

柔雅的嗓音迴盪在眾人的相視而笑中，溫暖，久久不散。

「屬於純淨與希望的，天空中漫飛的白羽。」

國家圖書館出版品預行編目

天羽 / 邱千瑜著. -- 一版. -- 臺北市
：秀威資訊科技, 2008.10
面； 公分. . --（語言文學類；PG0206）

BOD版
ISBN 978-986-221-093-2（平裝）

857.83 97018615

語言文學類 PG0206

天羽

作　　者 / 邱千瑜
發 行 人 / 宋政坤
執行編輯 / 黃姣潔
圖文排版 / 郭雅雯
封面設計 / 蔣緒慧
數位轉譯 / 徐真玉　沈裕閔
圖書銷售 / 林怡君
法律顧問 / 毛國樑　律師
出版印製 / 秀威資訊科技股份有限公司
台北市內湖區瑞光路583巷25號1樓
電話：02-2657-9211　傳真：02-2657-9106
E-mail：service@showwe.com.tw
經 銷 商 / 紅螞蟻圖書有限公司
台北市內湖區舊宗路二段121巷28、32號4樓
電話：02-2795-3656　傳真：02-2795-4100
http://www.e-redant.com

2008 年 10 月 BOD 一版
定價： 290 元

讀　者　回　函　卡

感謝您購買本書，為提升服務品質，煩請填寫以下問卷，收到您的寶貴意見後，我們會仔細收藏記錄並回贈紀念品，謝謝！

1.您購買的書名：______________________

2.您從何得知本書的消息？

□網路書店　□部落格　□資料庫搜尋　□書訊　□電子報　□書店

□平面媒體　□ 朋友推薦　□網站推薦　□其他________

3.您對本書的評價：(請填代號　1.非常滿意 2.滿意 3.尚可 4.再改進)

封面設計____　版面編排____　內容____　文/譯筆____　價格____

4.讀完書後您覺得：

□很有收獲　□有收獲　□收獲不多　□沒收獲

5.您會推薦本書給朋友嗎？

□會　□不會，為什麼？______________________

6.其他寶貴的意見：______________________

____

____

____

讀者基本資料

姓名：______________ 年齡：_____ 性別：□女 □男

聯絡電話：____________ E-mail：______________

地址：______________________

學歷：□高中(含)以下　□高中　□專科學校　□大學

□研究所(含)以上 □其他____________

職業：□製造業 □金融業 □資訊業 □軍警 □傳播業 □自由業

□服務業 □公務員 □教職　□學生 □其他________

請貼
郵票

To：114

台北市內湖區瑞光路 583 巷 25 號 1 樓

秀威資訊科技股份有限公司　　　收

寄件人姓名：

寄件人地址：□□□

(請沿線對摺寄回,謝謝!)

秀威與 BOD

BOD（Books On Demand）是數位出版的大趨勢，秀威資訊率先運用 POD 數位印刷設備來生產書籍，並提供作者全程數位出版服務，致使書籍產銷零庫存，知識傳承不絕版，目前已開闢以下書系：

一、BOD 學術著作—專業論述的閱讀延伸
二、BOD 個人著作—分享生命的心路歷程
三、BOD 旅遊著作—個人深度旅遊文學創作
四、BOD 大陸學者—大陸專業學者學術出版
五、POD 獨家經銷—數位產製的代發行書籍

BOD 秀威網路書店：www.showwe.com.tw
政府出版品網路書店：www.govbooks.com.tw

永不絕版的故事・自己寫・永不休止的音符・自己唱